Guerra de gueixas

Nagai Kafu

Guerra de gueixas

Tradução e notas

Andrei Cunha

2ª edição

Estação Liberdade

Título original: *Udekurabe* [1918]
© Editora Estação Liberdade, 2016, para esta tradução

Preparação	Diana Szylit
Revisão	Fábio Fujita
Assistência editorial	Gabriel Joppert
Editor de arte	Miguel Simon
Imagem de capa	Utagawa Kunisada II: "Gueixa com Hibashi" (século XIX)/Getty Images
Editores	Angel Bojadsen e Edilberto F. Verza

CIP-BRASIL. CATALOGAÇÃO NA PUBLICAÇÃO
SINDICATO NACIONAL DOS EDITORES DE LIVROS, RJ

K16g

Kafu, Nagai, 1879-1959
Guerra de gueixas / Nagai Kafu ; tradução Andrei Cunha. - São Paulo : Estação Liberdade, 2016.
248 p. ; 21 cm

Tradução de: Udekurabe
ISBN 978-85-7448-267-5

1. Romance japonês. I. Cunha, Andrei. II. Título.

16-30936   CDD: 895.63
                         CDU: 821.521-3

04/03/2016   04/03/2016

Todos os direitos reservados à Editora Estação Liberdade. Nenhuma parte da obra pode ser reproduzida, adaptada, multiplicada ou divulgada de nenhuma forma (em particular por meios de reprografia ou processos digitais) sem autorização expressa da editora, e em virtude da legislação em vigor.

Esta publicação segue as normas do Acordo Ortográfico da Língua Portuguesa, Decreto nº 6.583, de 29 de setembro de 2008.

EDITORA ESTAÇÃO LIBERDADE LTDA.
Rua Dona Elisa, 116 | Barra Funda
01155-030 São Paulo – SP | Tel.: (11) 3660 3180
www.estacaoliberdade.com.br

腕くらべ

1	Intervalo	11
2	Joia rara	23
3	Flores de comelina	33
4	Fogo para os mortos	43
5	Um sonho à luz do dia	59
6	O quimono do ator	73
7	Pôr do sol	79
8	Suplícios de travesseiro	89
9	Gueixas em revista	101
10	O nicho da codorna	109
11	Kikuobana	121
12	Anoitecer chuvoso	141
13	De volta para casa	157
14	Asakusa	167
15	A Casa Gishun	179
16	A estreia (primeira parte)	187
17	A estreia (segunda parte)	197
18	Duas noites	203
19	Yasuna	213
20	O banho da manhã	219
21	O imprevisto	229
22	Isso e aquilo	237

1
Intervalo

A plateia se levanta para esticar as pernas. Uma confusão de gente e empurra-empurra nos corredores do Teatro Imperial. Uma gueixa tenta subir a grande escadaria. Nesse momento, quase se choca com um cavalheiro que vinha descendo. Os dois se olham. Surpresa.

— Mas ora se não é o senhor Yoshioka.
— Veja só, você por aqui!
— Há quanto tempo!
— E você ainda é gueixa?
— Voltei a ser, desde o fim do ano passado...
— Não diga. Faz muito tempo, mesmo...
— Foi há exatos sete anos.
— Sete anos? Tudo isso?

Ouviu-se a campainha avisando que o intervalo terminara. Por alguns instantes, a confusão nos corredores aumentou, com as pessoas disputando espaço na passagem de volta a seus assentos. A gueixa, acreditando que no meio do alvoroço não chamaria tanto a atenção, aproximou-se do cavalheiro e olhou-o bem nos olhos.

— O senhor não mudou nada.
— É? E você parece ainda mais jovem.
— Eu? Nesta idade? Não diga tolices.
— Não, você não mudou nada.

De fato, Yoshioka estudava os traços da mulher, como se não acreditasse no que via. Puxando pela memória, lembrou que, ao se conhecerem, na época em que ela fora gueixa pela primeira vez, a garota devia ter uns dezesseis ou dezessete anos; como já se haviam passado mais sete ou oito anos, agora devia ter o quê, uns vinte e quatro, vinte e cinco? No entanto, a mulher que se encontrava diante dele continuava igualzinha, desde o dia em que fora promovida de *oshaku* a *ippon*.[1] Não era nem magra demais, nem gorda demais. Tinha estatura média e olhos grandes. Quando sorria, fundas covinhas vincavam seu rosto, e seu canino direito aparecia, como o de uma criança. Tinha no rosto algo de infantil que não se perdera após todos esses anos.

— Será que a gente não poderia se ver com mais calma, nem que fosse uma vez?
— Que nome você está usando agora? O mesmo de antes?
— Não, agora me chamo Komayo.
— Komayo? Está bem, então irei vê-la assim que possível.
— Sempre às ordens.

Do palco, ouviu-se a sequência de batidas dos tacos de madeira que anunciavam o abrir das cortinas, e Komayo se

---

1. De *oshaku* a *ippon*: uma das maneiras de se referir aos diferentes estágios da carreira de uma gueixa. *Oshaku*, literalmente "a que serve o saquê", é a aprendiz de gueixa, antes de se tornar adulta (em Tóquio, ela pode ser referida como *hangyoku* e, em Kyoto, como *maiko*). *Ippon*, aqui, refere-se à gueixa adulta, já formada.

dirigiu ao seu assento, distanciando-se a passinhos curtos e rápidos pelo lado direito. Yoshioka também fez menção de ir se sentar, correndo pelo lado esquerdo. A meio caminho, porém, hesitou e olhou para trás — mas Komayo não estava mais à vista, e no corredor só restavam a lanterninha e a vendedora, andando de um lado para o outro, sem rumo. Sentou-se em um banco ali mesmo, no corredor, acendeu um cigarro e se pôs a recordar, distraído, os acontecimentos de sete, oito anos atrás. Formado aos vinte e seis, fizera uma viagem de estudos pela Europa e pelos Estados Unidos durante quase dois anos; ao voltar, há seis ou sete anos, começou a trabalhar em uma companhia, onde está até hoje. Naquela época, empenhou-se muito pelo progresso da empresa, e, com os frutos de seus investimentos na bolsa de valores, pôde construir um patrimônio considerável. Seu lugar na sociedade também estava firmado.

Durante todo esse tempo, nunca deixara de se divertir e de beber, de modo que achava espantoso ainda estar com boa saúde. Costumava se gabar de que era tão ocupado que não tinha tempo ou oportunidade para refletir sobre seu passado. Mas ali, naquele momento, ao encontrar por acaso a primeira gueixa que conhecera quando ainda era estudante, Yoshioka se pôs, sem querer, a pensar no passado longínquo.

Para o jovem inocente, o mundo das gueixas tivera no início o atrativo das coisas belas e misteriosas; naquela época, bastava que uma delas lhe dirigisse a palavra para que ele se sentisse embevecido. O Yoshioka de hoje já não era capaz de nutrir sentimentos tão simples e ingênuos assim.

O som do *shamisen*[2] lhe chegava distante, abafado, da sala de espetáculos, e ele começou a se lembrar das primeiras vezes em que foi a Shinbashi. Surpreendeu-se rindo de si mesmo. Com o passar dos anos, seus casos com gueixas se tornaram cada vez menos espontâneos e mais pensados, e ele compreendeu que tratava os prazeres com o mesmo tipo de planejamento que dedicava aos negócios. Isso lhe causava uma desagradável sensação de constrangimento. "Até nessas coisas eu exagerei na minha frieza calculada", pensou. Pela primeira vez, reconheceu em si uma preocupação de nunca deixar nada ao acaso. "É, pode até ser", refletiu. Era decididamente sistemático no trabalho. Ainda não haviam passado dez anos desde que fora admitido, e já alcançara o posto de gerente geral. Tanto o presidente quanto os seus colegas de cargos mais altos o viam como um funcionário com talentos especiais, ainda que seus colegas de mesmo escalão e seus subordinados não o adorassem.

Três anos antes, ele se tornara o benfeitor de uma gueixa chamada Rikiji, dona da Minatoya, uma casa em Shinbashi. Yoshioka não se deixava enganar com facilidade, diferentemente da maioria dos patronos. Era capaz de ver as coisas com os próprios olhos, e sabia muito bem que Rikiji não era a mais bela das mulheres. Mas o que ela deixava a desejar em aparência, compensava com suas artes. Onde quer que fosse, as gueixas a tratavam como uma "irmã mais velha", expressão que indica respeito por uma artista com mais

---

2. Instrumento musical de três cordas com caixa de ressonância quadrada, tangido com um plectro de marfim.

habilidade e experiência. Pensando nos negócios, Yoshioka sabia que era útil ter à disposição uma ou duas gueixas, para quando fosse necessário organizar um jantar ou outro tipo de evento; além disso, fingindo que estava apaixonado por Rikiji, conseguia seus favores com menos gastos.

Yoshioka tinha ainda outra amante, dona de uma casa de chá. O estabelecimento se chamava Murasaki, e seu nível condizia à sua localização, em Hamacho. Yoshioka a conhecera na época em que ela ainda trabalhava como garçonete em um restaurante de Daichi. Os homens, quando se cansam de andar com gueixas, podem se meter em grandes enrascadas. Naquela noite, bêbado, Yoshioka a levou para o quarto. No dia seguinte, ao acordar, já se sentia arrependido.

"O que é que eu fui fazer, saindo com uma atendente de casa de chá? E se a outra souber? Sempre encontro uma gueixa ou alguma amiga de Rikiji quando saio para me divertir. E se descobrirem e contarem tudo a ela? Ah, isso seria insuportável."

No entanto, sabendo que a necessidade de manter segredo era o ponto fraco de Yoshioka, a garçonete havia planejado tudo de antemão. Ela prometeu zelar para que ninguém nunca soubesse o que se passara, e ele não teria razões para se preocupar com o futuro. Em troca, Yoshioka lhe deu, secretamente, o dinheiro necessário para que abrisse a casa de chá. Afortunadamente, a Casa Murasaki logo começou a dar lucro: todas as noites estava cheia, a ponto de sempre faltarem lugares, e Yoshioka se deu conta de que seria tolice sua manter-se afastado de um lugar no qual investira tanto dinheiro. Assim, depois de beber uma ou duas vezes ali, acabou reatando a relação sigilosa com a anfitriã.

Era uma mulher de pele branca e curvas generosas, iria logo completar trinta anos de idade. Tinha algum refinamento — afinal, não era uma novata —, mas é claro que não chegava à elegância de uma gueixa, e, tanto em seu andar quanto em seus gestos havia algo destoante, pouco gracioso. Quando Yoshioka bebia, sentia-se atraído por ela, por aquela sua maneira vigorosa, enérgica, própria das atendentes de estabelecimentos do bairro das gueixas. Não era uma atração espiritual, mas sim física. Depois do sexo, sentia sempre uma espécie de arrependimento; mas era como se a relação entre os dois, ainda que insatisfatória em muitos aspectos, houvesse se tornado um vício, difícil de largar.

Diferente dessas relações complicadas, o romance que tivera com Komayo quando ela tinha dezessete e ele vinte e quatro anos fora resultado de uma intimidade construída aos poucos, sem que nenhum dos dois soubesse ao certo o que estava acontecendo — algo puro, sem maldade. Ao recordar essa época, Yoshioka tinha a impressão de estar assistindo a uma história de amor no teatro, ou lendo um livro sobre seus belos sentimentos; essa "beleza" lhe parecia inverossímil e um pouco boba.

— Ah, aqui está o senhor! Procurei-o por toda parte.

Em sua direção vinha um homem baixo, gordo, vestido com roupas ocidentais. Parecia ter bebido várias doses do uísque vendido no segundo andar do teatro, pois seu rosto, redondo como o de Ebisu, estava vermelho, e gotículas de suor se formavam na ponta de seu nariz.

— Recebi um telefonema. Alguém ligou querendo falar com o senhor.

— Ligaram? De onde?

— Do lugar de sempre — o homem olhou para os lados para se certificar de que ninguém os ouvia, e se sentou ao lado de Yoshioka no banco do corredor. — Ao que tudo indica, o senhor não tem ido muito à Minatoya, não é mesmo?

— Ela ligou para você?

— É, no início demorei para me dar conta de quem era. Depois, fiquei um pouco lisonjeado. Mas logo entendi que era para o senhor, e então fiquei com pena de mim mesmo — disse o homem, rindo.

— Parece que Rikiji sabe que estamos aqui no teatro...

— Alguém que veio assistir à peça deve ter lhe contado. Ela mandou dizer que gostaria de falar com o senhor, nem que fosse por um minutinho só, no caminho de volta do teatro...

— Pois é, meu caro Eda, mas para esta noite eu tinha um plano diferente... — Yoshioka ofereceu-lhe um cigarro de ponta dourada enquanto inspecionava com o olhar o lugar onde se encontravam. — Vamos ao restaurante.

— Ah, o senhor vai de novo a Hamacho?

— Não, nada dessas histórias antigas. Hoje a noite é de *romance*.

— Como assim?

— Uma história de amor como as dos livros.

— É mesmo? Parece interessante.

E Eda seguiu Yoshioka em direção ao restaurante do subsolo.

— Já sei. Para você, uísque!

— Não, já estou bastante tonto. Vou tomar uma cerveja.

Ainda é muito cedo para cair bêbado — soltou uma gargalhada. Quando ria, o rosto de Eda se enchia de rugas e seu corpo sacolejava, enquanto limpava o suor da testa com um lenço. Qualquer um que o visse compreenderia se tratar de um colega subalterno a Yoshioka. Ainda que os dois tivessem a mesma idade, o cabelo de Eda já escasseava. Na empresa onde trabalhavam, ele era um dos responsáveis pelo setor de ações, mas também estava sempre envolvido na organização de eventos, banquetes e jantares de negócios, motivo pelo qual era tão conhecido quanto Yoshioka no bairro das gueixas. Em todos os lugares, as gueixas, e mesmo as atendentes de restaurantes e casas de chá, referiam-se a ele como "o Eda-san da empresa tal, que gosta de beber, meio engraçado e sem malícia". Às vezes, por excesso de intimidade ou falta de educação, elas diziam esse tipo de coisa com o próprio Eda presente, que nunca se zangava. Quando as mulheres faziam troça ou implicavam com ele, Eda parecia inclusive gostar, como se não fizesse questão de passar uma imagem séria. Quem o visse, não acreditaria se tratar de um pai de família com três filhos, sendo que a mais velha já estava na idade de começar a pensar em casamento.

— Que espécie de planos, então? — perguntou, enquanto pegava a cerveja que o garçom deixara sobre a mesa. Queria saber mais detalhes. — O senhor não teria arrumado um novo rabo de saia sem contar ao seu fiel seguidor, teria? — e riu novamente.

— Na verdade, espero que sim...

— Não me diga! O senhor, hein, sempre metido em casos misteriosos...

INTERVALO

— Deixe de brincadeira, Eda. Acho que nesta noite, pela primeira vez na minha vida, eu me senti apaixonado — Yoshioka olhou para os lados, para ver se alguém podia ouvi-los, mas no grande salão do restaurante só havia dois ou três garçons, que conversavam num canto ao longe. Até onde ia a vista, havia apenas mesas vazias cobertas por toalhas brancas, sobre as quais se viam vasinhos com flores em arranjos ocidentais, cujas cores vívidas brilhavam sob as lanternas. — Eda, isso aqui é assunto sério.

— Sim, senhor. Estou escutando. Às ordens.

— Debochado! Está sempre fazendo troça. Não é fácil falar com você de coisas sérias. Na verdade... eu a vi agora há pouco, por acaso, quando ia subir a escada.

— É?

— Uma mulher que conheci quando eu ainda estava na faculdade.

— Uma moça de família? Aposto que se casou.

— Calma. Não, não é uma moça de família. É uma gueixa.

— Uma gueixa! O senhor começou cedo essa vida de prazeres.

— Justamente, foi a primeira gueixa que conheci quando comecei essa vida. Na época ela se chamava Komazo. Durou um ano. Nesse meio-tempo eu me formei, e logo em seguida viajei aos Estados Unidos e à Europa. Acabamos nos separando amigavelmente.

— Veja só — disse Eda, fumando com gosto o cigarro que Yoshioka lhe dera.

— Ela disse que ficou sete anos afastada de Shinbashi, e que agora voltou, com o nome de Komayo.

— Komayo? E em qual casa trabalha?

— Só tive tempo de perguntar seu nome. Não sei nem se ela tem a sua própria casa ou se pegou dinheiro emprestado para recomeçar... Não sei mais nada.

— Nada que não se descubra perguntando a outras gueixas...

— O certo é que ninguém volta a ser gueixa depois de sete anos sem motivo. Veja se descobre também quem foi o seu benfeitor até agora.

— O senhor quer um relatório completo.

— Não tem outro jeito... Nesses casos, o melhor a fazer é saber de todas as circunstâncias com antecedência. Já perdi muitos amigos por me envolver com a mulher errada.

— Bom, se a história já se encaminha nessa direção, não tenho tempo a perder. Mas eu precisaria saber ao menos que cara ela tem. O senhor sabe onde ela se encontra? Está em um camarote?

— Não, eu a vi no corredor, não sei onde pode estar sentada...

— De todo modo, imagino que saindo daqui o senhor vá querer ir a algum lugar. O senhor poderia mandar chamá-la, para que eu a possa ver de perto.

— Sim, ótimo, obrigado pela ajuda.

— Então a orgulhosa Rikiji vai conhecer o mesmo destino de Gio![3] Coitadinha... — disse Eda, antes de soltar uma gargalhada.

— Não é problema meu. Você sabe muito bem que eu a

---

3. Gio foi uma famosa dançarina do século XII. A sua história é contada em um dos episódios mais conhecidos da narrativa épica *Heike Monogatari* [A história dos Heikes]. Gio é abandonada à própria sorte por seu protetor, o poderoso Kiyomori, que conhece uma nova dançarina, mais jovem e mais bonita.

ajudei até demais. Ela já não precisa de mim. Tem quatro ou cinco gueixas trabalhando para ela, é dona de um estabelecimento próspero, não tem com o que se preocupar.

Nisso, alguns espectadores entraram no restaurante, falando em altos brados. Yoshioka interrompeu a conversa. O som distante e repetido das batidas no tablado remetia ao início de uma cena de batalha.

— Garçom, a conta!

Yoshioka se levantou.

2

Joia rara

— Boa noite, seja bem-vindo — disse a patroa da Casa Hamazaki, ajoelhando-se na antessala e posicionando as duas mãos no chão, em respeitosa reverência. — O senhor vem de onde?

— Do Teatro Imperial. Ganhei um ingresso do senhor Fujita para uma peça nova, com atrizes[4] — respondeu Yoshioka, ainda de pé, tirando as calças do quimono. — Não deve ser fácil ter uma amante atriz. Sempre gastando dinheiro na produção de peças novas...

— É mais tranquilo namorar uma gueixa — comentou a patroa, sentando-se ao lado de uma mesa de sândalo rosa. — Eda-san, o senhor deve estar morrendo de calor. Que tal vestir algo mais leve?

— Hoje vou ficar com calor mesmo. Prefiro não botar

---

4. Entre os séculos XVII e XIX, as mulheres não podiam trabalhar no teatro devido a uma lei do xogunato que buscava impedir a prostituição. Espetáculos com atrizes só começaram a ser encenados no início do século XX, mas o teatro tradicional japonês (nô, *kyogen*, kabuki) continua sendo de domínio masculino.

o *yukata*.⁵ Fico parecendo aquele personagem do *Iseondo* que morre todo ensanguentado.⁶

— O senhor não precisa fazer cerimônia.

— Na verdade, nós viemos lhe pedir um favor — respondeu.

— Pode falar, estou às ordens.

— Obrigado. Hoje eu queria organizar uma reunião aqui na sua casa, mas de preferência com gueixas diferentes, não aquelas que vêm sempre.

— Claro. De onde devo chamar as moças?

— Bem, antes de tudo, gostaria que você não chamasse Rikiji.

— É mesmo? O que deu no senhor?

— É por isso que vim aqui, para pedir esse favor. Depois você entenderá.

— Mas, mas... — ela fez uma cara preocupada, e olhou para Yoshioka, que continuou apenas sorrindo e fumando seu cigarro.

A empregada trouxe bebidas e petiscos. Eda não perdeu tempo: tomou seu saquê de um gole só e entregou o copo à patroa.

— Para começar, gostaria que você chamasse uma gueixa de nome Komayo. Komayo, entendeu?

— Komayo-san? — hesitou a mulher, trocando olhares com a empregada.

---

5. Espécie de quimono leve, de algodão, usado no verão, em estações termais ou, ainda, como pijama.
6. Peça de kabuki de 1796. Um dos elementos da história é uma espada com uma maldição: se retirada da bainha, ela só volta depois de satisfazer a sua sede de sangue. Uma cena bastante sangrenta da peça envolve duas personagens vestidas com *yukata* que são cruelmente assassinadas pelo dono da espada, incapaz de controlar o desejo de matar do objeto mágico.

— Uma nova, muito bonita.

— Ah, uma que está com Jukichi — comentou a empregada, como se tivesse acabado de se lembrar.

— Na Obanaya? Veja só! — disse a patroa, dando a entender que só então compreendia de quem se tratava. — Ela ainda não veio aqui, não é mesmo?

— Veio, sim, senhora. Anteontem à noite, para se apresentar. A senhora não lembra? Naquela festa que o senhor Chiyomatsu organizou...

— Ah, *aquela* moça! Uma cheinha, baixinha. Agora que estou velha, já não sei mais quem é quem...

— Quem mais convidamos? Faz tempo que não chamamos Jukichi — Eda se virou para Yoshioka. — Talvez o ideal seja chamar gueixas de uma mesma casa.

— Sim, é bom — concordou Yoshioka.

— Está bem — assentiu a empregada, recolhendo o bule e as taças de chá.

— Continuo sem entender nada — disse a patroa, devolvendo o copo de saquê a Eda, que deu uma gargalhada.

— É melhor que você não entenda, mesmo. Foi uma ideia que surgiu hoje. Para falar a verdade, eu também ainda não entendi direito — e riu de novo. — Quero só ver se ela vai atender ao convite, e se virá...

— Estou confusa, como se a danada da raposa tivesse aprontado uma de suas travessuras.[7] O senhor não vai me explicar nada?

---

7. Acredita-se tradicionalmente que a raposa é um ser mágico que pode possuir o corpo de um humano ou tomar uma forma humana e enganar as pessoas.

— Não se preocupe, basta observar. Você verá que interessante.

A empregada voltou com o recado de que Komayo ainda estaria no teatro, mas que tão logo retornasse seria enviada para lá.

Eda não conseguia parar de rir.

— O senhor quer é me matar de susto — disse a patroa.

— Ora, deixe disso. E a outra gueixa, o que disse?

— Jukichi-san e as outras gueixas da casa estão ocupadas no momento e demorariam para chegar. O senhor deseja que eu chame alguma outra?

— É... — disse Eda, virando-se para Yoshioka. — Diga a ela que venha quando puder.

A patroa decidiu ir pessoalmente dar o recado ao telefone, e deixou a criada cuidando dos convidados.

— Parece que deu tudo certo. Se ela chegar sozinha, pode ser que tudo se resolva mais rápido.

— Ocho, tome um saquê com a gente — disse Yoshioka à criada. — Você não saberia por acaso se Komayo tem alguém?

— Ela é uma gueixa muito fina — disse a criada, esquivando-se de responder. — Dizem que já havia sido gueixa anos atrás, aqui neste bairro.

Eda gargalhava alto.

— Eda-san, o senhor está rindo de quê?

— É engraçado, ué. Você não sabia? Komayo já foi minha gueixa. Sete anos atrás, eu fazia um estrago aqui na vizinhança.

— O senhor? Ora, vá — e foi a vez de a criada ter um acesso de riso.

— Agora eu é que quero saber, você está rindo do quê? Que falta de modos!

— Pior que é verdade — asseverou Yoshioka. — Ela era louca por Eda-san, mas depois eles foram forçados a se separar. Hoje vão se rever pela primeira vez em dez anos.

— É mesmo? Bom, se for verdade, é uma história impressionante.

— Como assim, "se for verdade"? Ocho, você é muito desconfiada. Naquela época eu ainda tinha cabelo e era mais magro. Pena que você não me viu anos atrás.

A conversa continuou até que ouviram o som de passos no corredor.

— É aqui? — ouviu-se uma voz de mulher.

Eda continuou sentado, mas endireitou a postura.

A porta se abriu. Era Komayo.

Ela estava com um penteado tradicional entre as gueixas. Tinha no cabelo um pente de madeira entalhada, folheado em prata, e um alfinete com uma pedra de jade. Vestia um quimono de crepe de seda listrada. Estava muito elegante, mas, talvez por temer que o excesso de sobriedade a deixasse mais velha, acrescentara uma gola bordada, que destoava um pouco do conjunto. O cinto *obi* era de cetim negro desenhado no antigo estilo *yuzen*, e a faixa de baixo era de crepe azul, esverdeada e pálida. O cadarço de fora era verde-escuro como um jade, e tinha uma grande pérola no fecho.

— Que bom vê-lo depois de todos esses anos... — foi dizendo Komayo ao entrar, mas, ao perceber que Yoshioka estava acompanhado de um homem que nunca vira antes, interrompeu-se. — Boa noite, senhores.

— Estava até agora no teatro? — perguntou Eda, já lhe oferecendo bebida.

— Sim, o senhor também estava?

— Pensei em chamá-la no momento de partir, mas, como não sabia onde você estava sentada...

Enquanto falava, Eda observava discreta e detalhadamente sua roupa, seus acessórios, até mesmo a maneira como ela se movia. Ele era um assíduo frequentador daquele bairro e, ainda que não estivesse diretamente envolvido com a situação e não possuísse nenhum interesse sexual, havia decidido, para o bem de Yoshioka, fazer uma avaliação rigorosa das qualidades de Komayo. Era uma gueixa de Shinbashi, mas isso não queria dizer muita coisa, pois lá havia gueixas tanto de alto quanto de baixo escalão. Ainda que Komayo e Yoshioka tivessem se relacionado na juventude, ele não permitiria que o Yoshioka de hoje se envolvesse com uma gueixa vulgar. Movido por essa preocupação, Eda decidiu parar de beber, para poder observar Komayo com mais frieza.

Para o principal interessado, Yoshioka, o problema era mais sério. Qual seria a atual situação de Komayo? Ela podia estar trabalhando tanto na casa de gueixas[8] quanto como autônoma. Podia ter voltado a trabalhar nesse mundo para, ao menos em parte, se distrair. É claro que Yoshioka não lhe perguntaria sobre isso diretamente — seria grosseiro.

---

8. Originalmente, *geishaya*: casa onde vive um grupo de gueixas sob a administração de um dono ou patroa. As gueixas recebem alojamento, assistência, treinamento e agenciamento, e em troca pagam à casa metade ou mais de seus rendimentos com o trabalho. Na época desta história (1912-1913), a maioria estava em regime de semiescravidão, pois para começar na carreira era preciso gastar somas enormes em roupas e acessórios.

Ele acreditava possuir, graças a sua frequência assídua nesse universo, o poder de observação necessário para descobrir tudo sobre ela só pela maneira como estava vestida, sua postura ao se sentar, seus gestos.

Komayo enxaguou polidamente o copinho e o devolveu a Eda, servindo-lhe o saquê em seguida. Baseando-se em sua experiência pessoal, acreditava ter compreendido a relação entre os dois homens, mesmo sem conhecer Eda. No entanto, decidiu ser cautelosa, e procurou falar de coisas amenas.

— Já faz tanto calor que não dá mais vontade de ir ao teatro.

— Komayo — disse de repente Yoshioka, adotando uma maneira de falar muito mais íntima do que a da conversa até então —, você está com que idade, mesmo?

— Minha idade? Yoshioka-san... o senhor... será que a gente não poderia falar de outro assunto?

— Eu já estou com quarenta.

— Não acredito! — Komayo inclinou a cabeça para o lado, como uma criança, e se pôs a contar com os dedos. — Naquela época, eu tinha... dezesseis! E já se passaram...

— Melhor não dizer — interrompeu Eda, brincando. — As paredes têm ouvidos.

— Por favor, finja que não ouviu. Já se passaram...

— Quando você diz "naquela época", a que "época" está se referindo, exatamente? — perguntou Eda.

— Senhor Yoshioka, o senhor não tem ainda uns vinte e poucos? — disse Komayo, rindo e mostrando seus belos caninos salientes.

— Hoje eu queria falar de uma coisa mais pessoal.

— Sobre o senhor?

— Sobre você. Depois que eu fui para o exterior, por quantos anos você ainda trabalhou como gueixa?

— Vamos ver... — Komayo se abanava com o leque enquanto olhava para o teto. — Depois ainda trabalhei por uns dois anos...

Yoshioka desejava mais que tudo perguntar quem fora o benfeitor que a tirara daquela vida, mas não teve coragem. Em vez disso, acabou dizendo, com fingida displicência:

— É mesmo? Você parou de trabalhar mais ou menos na época em que eu voltei de viagem. E você acabou preferindo a vida de gueixa à de mulher casada?

— Eu não voltei a ser gueixa por vontade própria. Voltei pois não tinha outra escolha.

— Você chegou a se casar, ou foi amante de alguém?

Komayo bebeu o saquê e depositou o copinho vazio sobre a mesa. Pareceu hesitar por um momento. Depois, decidida, disse:

— Bem, de nada vai adiantar esconder — e, aproximando-se: — Por um período, eu fui uma senhora casada, mesmo. Depois que o senhor acabou tudo comigo e foi embora, a verdade é que por algum tempo eu vivi desesperada — deu uma risadinha. — Não, não é mentira, estou falando a verdade. Bem nessa época conheci um jovem senhor, filho de um dono de terras, que viera a Tóquio para estudar. Ele prometeu cuidar de mim, então decidi ficar com ele.

— É mesmo?

— Por algum tempo, eu fui a amante. Mas depois ele começou a pedir que eu fosse com ele para a terra de sua família. E dizia que, se eu fosse, ele faria de mim uma mulher *direita* e isso e aquilo. Eu não queria, mas comecei a pensar que eu não seria jovem para sempre, e que até seria bom se ele se casasse de verdade comigo, no papel. Que boba que eu fui.

— Ele era de onde?

— De depois de onde o diabo perdeu as botas, e bem mais longe. Lá por aqueles lados onde se pesca salmão.

— Ah, Niigata?

— Mais longe! Como quem vai para Hokkaido. Na província de Akita, um lugar gelado, fazia um frio horrível, odiei morar lá. Ficou marcado na minha memória. Aguentei firme por três anos.

— Até que um dia não aguentou mais?

— Não, senhor, não foi nada disso. Meu marido morreu. E na cabeça da família dele eu ainda era uma gueixa. Os pais eram gente de bem, respeitada, e ele tinha dois irmãos mais novos. Não existia a mínima condição de eu continuar vivendo lá.

— Ah, está bem, então. Vamos fazer uma pausa, beber um saquê?

— Muito obrigada — disse Komayo, enquanto Eda lhe servia a bebida. — Agora que o senhor já sabe, espero que não seja muito severo em seu julgamento.

— E as outras gueixas, será que não vêm mais?

— Ainda não são onze horas — disse Eda, olhando o relógio.

Nesse momento, Komayo foi chamada ao telefone. Eda observou sua silhueta, de costas, se afastando, e comentou com Yoshioka, em voz baixa:

— Ela é uma peça magnífica! Uma joia rara.

Yoshioka riu. Eda continuou:

— É até melhor que não venha ninguém. A propósito, acho que eu também vou me retirar...

— Não precisa, ainda não chegamos nessa fase. Isso aqui não é coisa de uma noite só.

— Mas o barco já zarpou, é tarde demais para descer. Ela deve querer a mesma coisa. O senhor não vá me envergonhar! — e, dizendo isso, entornou os dois copinhos de saquê à sua frente e, sem a menor cerimônia, pegou um cigarro da carteira de Yoshioka, acendendo um fósforo enquanto se levantava.

3

Flores de comelina

Depois de falar com a atendente de sua casa ao telefone, Komayo voltava direto para a sala onde estavam Eda e Yoshioka, quando ouviu a patroa chamá-la da recepção.

— Komayo, venha aqui um pouquinho.

Para não ter de ouvir perguntas, Komayo decidiu se adiantar e falar primeiro, numa voz dengosa:

— Patroa, será que eu já não poderia receber e ir embora?

— Vá lá e pergunte a eles — respondeu a mulher com um ar blasé, como se já soubesse de tudo, enquanto fumava seu cigarro. — Esse nunca passa a noite aqui, mesmo.

Komayo não esperava essa resposta, e ficou sem saber o que dizer. Yoshioka era um cliente antigo, e ela não estava em posição de recusá-lo. Não que não gostasse dele. No entanto, se já concordasse no primeiro encontro em passar a noite com ele, haveria a possibilidade de a casa de chá considerá-la uma gueixa barata, das que preferem ser mantidas por um benfeitor — como em sua juventude. Na verdade, Komayo não sabia sequer se Yoshioka ainda sentia algo por ela.

"Seja como for, ele não precisava ter ido à casa de chá pedir que a patroa me chamasse. Afinal de contas, nós já nos conhecíamos. Bastaria que ele piscasse o olho ou me fizesse outro sinal. Para mim, seria bem menos constrangedor." Ao pensar nisso, Komayo se sentiu um pouco irritada.

— Então me deixe ir embora quando acabar o tempo — disse, e se afastou sem esperar resposta.

Ao chegar de volta à sala do segundo andar, a mesa de sândalo rosa, desarrumada e recoberta de garrafas e copos vazios, reluzia sob a lâmpada. Nem sinal de Yoshioka ou de Eda. Komayo logo compreendeu que os homens deviam ter ido ao banheiro, mas mesmo assim foi invadida por um sentimento inexplicável de abandono e desolação. Para espantar os pensamentos tristes, sentou-se debaixo da luz e tirou de dentro do *obi* um espelhinho que trazia sempre consigo, algo que já se tornara uma mania. Ajeitou o cabelo. Em seguida, com um lencinho empoado, retocou a maquiagem branca do rosto. Enquanto olhava distraída para o espelho, deixou-se mergulhar nas preocupações cotidianas que iam e vinham todos os dias, oprimindo o seu peito.

Não eram dores de amor — ou, ao menos, ela não achava que fossem. No fundo, as preocupações de Komayo estavam de fato relacionadas a questões amorosas, mas ela acreditava firmemente que seus problemas não tinham origem em algo tão efêmero e sem importância como o amor. Era seu destino que a preocupava. Estava com vinte e cinco anos, e dali para frente o que a aguardava era a velhice. Se não arrumasse logo um objetivo, o futuro seria de frustração e abandono. Aos treze anos, ela se tornara aprendiz; aos quinze, estava servindo saquê aos convivas; aos dezoito, pagara sua dívida; aos vinte e um, estava casada e vivia em Akita com o esposo, agora falecido havia três anos.

Até ficar viúva, Komayo fora uma pessoa ingênua, ignorante das coisas do mundo e do coração humano — não possuía sequer o hábito de examinar sua própria condição. Agora, pensava que, se tivesse decidido permanecer em Akita após a morte de seu marido, não haveria quem pudesse expulsá-la daquela casa. Por outro lado, sua vida teria sido frugal e rigorosa, como a de uma monja. Para uma filha da metrópole como ela, viver no interior pelo resto da existência entre os parentes ricos de seu marido, gente de criação muito diferente da sua, seria uma prisão insuportável. Ela chegou a pensar em se matar, mas decidiu fugir de volta para Tóquio, mesmo sem saber o que fazer de sua vida.

Assim que desembarcou na estação de Ueno, deu-se conta de que não tinha nem mesmo onde ficar. Havia muitos anos não se comunicava com sua família, e, com exceção da casa de gueixas onde começara sua carreira, não havia mais nenhum outro lugar, em toda a imensa Tóquio, aonde pudesse ir. Komayo então compreendeu pela primeira vez a situação patética e trágica em que se encontra uma mulher só. Percebeu também que, a partir de então, teria de viver ou morrer na condição de mulher sozinha no mundo. Certamente, se voltasse para a casa de gueixas, ninguém lhe negaria hospedagem, e poderiam até mesmo ajudá-la a se restabelecer em Tóquio; no entanto, seu orgulho feminino lhe dizia que seria muito humilhante voltar à casa de onde saíra de nariz erguido sete anos antes. Já se encontrava no trem a caminho de Shinbashi quando pensou: "Quero cair morta se eu voltar para lá." Naquele instante, ouviu uma voz que chamava seu nome antigo: "Komazo!" Assustada, se virou. Era Oryu, uma criada da casa de chá que seu falecido marido frequentara quando vivia na capital. Enquanto conversavam, a mulher lhe contou que, depois de muito tempo, com paciência e parcimônia, conseguira, no final do ano anterior, juntar dinheiro suficiente para abrir seu próprio estabelecimento, na parte sul. Insistiu muito para que Komayo a acompanhasse até lá, e acabou convencendo-a a ficar. Algum tempo depois, Komayo começou a trabalhar na Obanaya, uma casa que pertencia à velha gueixa Jukichi, em troca de uma porcentagem nos lucros.

De repente, a voz de uma jovem gueixa, a poucos metros dali, trouxe-a de volta para o presente:

— Para, para, seu tarado! Já pedi para parar!

Os clientes caíram na gargalhada e a gueixa também começou a rir. O barulho vinha do segundo andar da casa vizinha, do outro lado de um pequeno jardim de menos de dez metros quadrados.

Komayo não pôde evitar um sentimento de repulsa. "Ser gueixa é uma porcaria, mesmo. Os homens fazem o que querem com a gente, e ai de quem reclamar... Mesmo eu, que um dia fui uma mulher de respeito, senhora de uma grande mansão, com muitos empregados..." Teve de se segurar para não chorar.

Nesse instante, a criada apareceu, esbaforida.

— Komayo-san, o que está fazendo aqui? — e pôs-se a arrumar a bagunça. — Ele está lá do outro lado, no cômodo oposto.[9]

---

9. Na edição de 1918, o capítulo 3 terminava aqui. A edição atual restabelece as passagens que foram cortadas.

— Ah, é? — Komayo sentiu o coração bater mais forte e um calor lhe corar rosto, mas conteve-se. Levantou-se em silêncio e segurou a barra do quimono. Enquanto descia a escada, seus sentimentos se transfiguraram. A tristeza se dissipou, e ela pensou: "Se é para ser gueixa, então é melhor ser gueixa direito." Sentia-se como uma mulher de negócios, ansiosa por colher os frutos de seu investimento. Percorreu o alpendre que dava a volta na casa e chegou a uma porta de cedro. Passou por um quartinho de piso de tábua mergulhado na escuridão e chegou a uma antessala de três tatames. As portas de correr estavam abertas, mas não se podia ver muito do quarto principal, pois havia um biombo perto da entrada. Do teto de vime pendia um lustre, que iluminava a fumaça de charuto subindo atrás do biombo.

Komayo se sentiu de volta ao tempo, sete anos antes, quando vivera em uma casa de gueixas. Nessa segunda fase de sua carreira — que já durava seis meses — conseguira manter os pretendentes a distância, sempre muito discreta. De fato, aquela era a primeira vez, desde seu retorno, em que se encontrava diante do famigerado cômodo com biombo.

Quis pedir a Yoshioka que viesse até o pequeno cômodo de três tatames onde se encontrava, mas pensou que não ficava bem chegar sorrateira e chamá-lo de repente — ele poderia se assustar. Sentiu-se aliviada quando viu que ele percebera a presença de alguém do outro lado do biombo:

— Ocho, é você?

Aproveitando que ele chamara pela criada, afastou o biombo aos poucos e se sentou.

— Precisa de alguma coisa?

Yoshioka já havia vestido o *yukata* para dormir, e se encontrava sentado sobre o leito, com um charuto enfiado na boca.

— Hã? — virou-se para ver quem era. — Ah, é você! — disse, sorrindo.

Komayo sentiu novamente o coração bater mais forte e o calor subir ao rosto. Sentada ao lado do travesseiro, sem saber o que dizer, apenas baixou o olhar.

— Tudo bem com você? Faz tanto tempo, não é mesmo? — Yoshioka pousou de leve a mão sobre o ombro de Komayo.

Para disfarçar o constrangimento, ela se pôs a procurar a cigarreira que carregava dentro da manga do quimono.

— Que coisa esquisita. Foi há tanto tempo, que agora tudo parece meio estranho.

Yoshioka passeou o olhar pela gola do quimono da gueixa, parando para admirar o perfil de seu rosto. Então perguntou, com uma voz mais terna:

— Você vai ficar aqui comigo esta noite?

Ela não respondeu diretamente, mas, levando o cadarço da cigarreira à boca para tentar desatar o nó que a fechava, inclinou a cabeça para o lado e, sorrindo, perguntou:

— Não vão dar por sua falta em casa?

— Não, minha casa não é problema. Só não espere todo o ardor que eu tinha quando era estudante. Ah, bons tempos aqueles! — dizendo isso, tomou a mão da gueixa na sua.

— É mesmo. A gente pintava o sete. Já pensou se a gente inventasse hoje de passar dias seguidos só na flauta? — disse Komayo, acendendo finalmente o cigarro. — Sua esposa ficaria furiosa, aposto.

— Minha mulher? Ela já desistiu de tentar me emendar e de me tirar desta vida de prazeres. Há muito tempo não diz mais nada sobre isso.

— Mas tem as outras gueixas, também... — disse Komayo, vencendo um pouco a timidez e se recostando desajeitadamente no futon. — Não importa, elas podem falar o que quiserem. Se falarem de mim, estou pronta para responder à altura. Está ouvindo?

— Como assim?

— Não devo nada a ninguém. Além disso, de todas as gueixas do mundo, eu sou a que o conhece há mais tempo.

— Mais de dez anos! — disse ele, rindo.

— Estou com dor de cabeça. Acho que foi de ficar cozinhando naquele teatro abafado.

Enquanto falava, Komayo puxou a ponta do cadarço de fora do *obi* e tentou desamarrá-lo, mas, de repente, gritou:

— Ai, que dor!

— O que foi?

— Não consigo desfazer o nó. Amarraram com muita força. Ai! Acho que machuquei o dedo, olhe só — mostrou o dedo a Yoshioka, e acrescentou: — Eu gosto assim, bem apertado. Tem que ser tão apertado que não dê para respirar, senão não me sinto segura.

Com o queixo apoiado na base do pescoço, Komayo continuava a lutar contra o nó, mas o esforço era vão.

— Espere aí, deixe-me ver isso — disse Yoshioka, afastando as cobertas que o envolviam.

— Viu como está apertado?

Entregando a tarefa a Yoshioka, ela começou a tirar diversos objetos de dentro do *obi*: a carteira, uma agenda, o espelhinho, um paliteiro e outras coisas mais.

— Puxa, está duro mesmo. Isso é um perigo, viu?

— Ah, soltou! Obrigada!

Komayo respirou profundamente e se levantou. O fecho do cadarço caiu no chão e ela não fez menção de levantá-lo. Dirigiu-se a um canto e, de costas para Yoshioka, começou a desamarrar o *obi*.

Enquanto fumava o charuto, Yoshioka ficou observando a longa faixa de baixo, de seda japonesa escarlate, ser desenrolada do torso que apertava, caindo em espiral sobre a barra do quimono. Sete anos atrás, antes mesmo de fazer vinte anos, ela já sabia como se comportar em situações desse tipo. Mas Yoshioka, que se achava tão conhecedor do mundo dos prazeres, começou a se impacientar com o demorado ritual. Ele queria saber como era o corpo daquela mulher agora, como ela havia mudado com o tempo, se o sofrimento e a maturidade se manifestavam na sua forma. Uma violenta curiosidade o invadia.

Quando finalmente terminou de se desatar, Komayo virou-se para ele. O pesado quimono deslizou por seus ombros e revelou o vestido de baixo, de crepe de seda branca, leve, sem forro, com uma estampa de delicadas flores de comelina à beira de um riacho. As flores eram tingidas de índigo, e as folhas eram de um verde-claro, de planta jovem, com pequenas gotas de orvalho. Era um artigo de luxo, dos que, em Tóquio, só se encontravam na loja Erien. Em uma situação normal, Yoshioka teria elogiado o quimono, mas naquele momento se encontrava tão ansioso por tê-la em seus braços que não disse nada. Komayo, ignorando sua impaciência, empurrou delicadamente o quimono para o lado e, ao reparar em um *yukata* ao lado da cama, deixado ali para ela, comentou:

— Ah, um *yukata*! — e foi pegá-lo, movida por algum instinto feminino, ou talvez para não sujar de suor seu precioso quimono de baixo.

Yoshioka, exasperado, disse:

— Acho que não precisa.

Komayo já desenrolava a faixa de seda escarlate e, despindo-se agilmente de seu quimono florido, apareceu nua diante de Yoshioka, sua pele branca como neve reluzindo sob a lâmpada. Ela estava prestes a vestir o *yukata* quando Yoshioka, já fora de si, agarrou sua mão e a puxou para o leito.

— Que susto! — gritou ela, surpresa, e tropeçou para frente.

Yoshioka aproveitou para segurar o voluptuoso corpo contra o seu e, enquanto ela tentava se desvencilhar, disse em seu ouvido:

— Komayo, faz tanto tempo. Sete anos!

— Espero que o senhor não me deixe mais. Se for só por esta noite, vou sofrer muito. Por favor, estou pedindo pela minha vida — e, sabendo que era tarde para voltar atrás, desviou o olhar, tímida.

Ficaram em silêncio. O homem tinha o rosto vermelho, como se tivesse tomado uma bebida forte; as veias de seu pescoço e braços saltavam. A mulher estava imóvel, como morta, a cabeça pendendo do braço do homem; os cabelos, antes presos em um penteado tradicional, estavam agora em desalinho. Seu coração batia rápido sob os seios nus. Sua boca se entreabriu, e por trás dos belos dentes via-se apenas a pontinha da língua. Ela era de uma beleza indescritível.

O homem aproximou seu rosto ao da mulher e acomodou levemente os lábios sobre os seus. O braço que sustentava sua cabeça estava ficando dormente, mas, suportando a dor, ele começou a beijar outras partes macias de seu corpo, os seios, os mamilos, a orelha, as pálpebras fechadas, a parte inferior do queixo.

A cada beijo, a respiração da mulher se acelerava, e ele sentia seu hálito quente contra a pele. Komayo começou a gemer como se estivesse com dor e, sem querer, esticou a perna e se voltou para Yoshioka, levantando as mãos do tatame para segurar o corpo dele. Ofegante, ela gemeu novamente e o apertou contra si, com uma força assustadora.

O pente caiu de seu cabelo. Com o barulho, ela abriu um pouco os olhos e, incomodada com a claridade, pediu, com a voz trêmula:

— Amor, apague a luz.

Mas a súplica foi abafada por beijos, e ela não pensou mais nisso, pois estava ficando sem fôlego. O som de sua respiração era um estímulo para os avanços do homem. Ele depositou o corpo dela sobre o leito e puxou o lençol de linho, mas não fez menção de apagar a luz. Desejava ver o rosto dela, o corpo nu, a expressão da mulher gritando, se contorcendo. Queria olhar a cena com o ardor que ela merecia, como a experiência mais intensa de sua vida, como o *ukiyo-e* erótico mais perverso, em todos os seus detalhes.

4

Fogo para os mortos

A feira de Ginza, que ocorria na época do Obon e sempre atraía multidões para as ruas até tarde da noite, acabara no dia anterior; hoje, as ruazinhas laterais do bairro, com suas casas de chá, uma ao lado da outra, ecoavam o som dos vendedores ambulantes gritando "Fogo! Fogo para os mortos!", dos jornaleiros apregoando "Extra! Extra!" e tocando sinetas, como se alguma coisa importante tivesse acontecido, e das pederneiras, cujas faíscas eram consideradas de bom agouro, anunciando a saída dos riquixás, que levavam as gueixas a seus destinos, aqui e ali, sob a refrescante luz da lua crescente e da estrela vespertina no céu da noite de verão.

Um velho abriu ruidosamente a porta da Obanaya e disse:

— Edição extra do jornal? Aposto que foi mais um avião que caiu.

Enquanto ele interrogava o céu com o olhar, uma gueixa aprendiz, muito bonitinha, aproximou-se e perguntou:

— Patrão, vamos acender o fogo para os mortos?

— Pois é... — disse distraído, ainda olhando para cima, as mãos atrás das costas. — Nem parece um festival Obon, com essa lua crescente — acrescentou, falando para si mesmo.

Hanako, que tinha um apito de borracha na boca, ficou intrigada com o que o velho dissera.

— Por que o senhor diz isso? Não pode ter lua crescente no festival?

— As coisas para acender o fogo estão debaixo do altar, lá dentro. Seja uma boa menina e vá buscá-las para nós.

— Patrão, me deixa acender?! Deixa? Por favor?

— Primeiro traga-as aqui. E cuidado para não quebrar a panelinha de barro.

— Claro que não vou quebrar — disse ela, saindo em disparada, toda feliz por brincar com fogo.

Em um instante, estava de volta.

— Prontinho! Vou acender!

— Ei, não é para acender tudo de uma vez só! Você vai se queimar! Faça mais devagar!

Mas àquela altura o fogo já ia alto, atiçado pela brisa do entardecer que vinha da rua principal, tingindo de vermelho-vivo o rosto da menina, branco de pó de arroz.

O velho disse uma prece:

— *Namu Amida Butsu, Namu Amida Butsu.*[10]

— Patrão, olhe! Acenderam um fogo na Chiyokichi, e outro lá adiante! Ah, que lindo!

As fogueiras acesas diante das casas pareciam não combinar muito com os fios de telefone e de eletricidade da

---

10. O nome do Buda, repetido diversas vezes; é uma prece associada a diversas seitas budistas no Japão.

Tóquio moderna, conferindo ao início da noite um ar melancólico. O velho da Obanaya continuou por algum tempo a repetir o nome do Buda, até finalmente se levantar, apoiando as mãos nas cadeiras.

Com certeza já passara da barreira dos sessenta anos. Vestia um quimono de verão *katabira*, puído de tanto lavar, e um *obi* de cetim preto, que alguém adaptara de uma faixa feminina. Seu corpo ainda não começara a se encurvar, mas era muito magro, só pele e osso. Era careca, tinha a cara encovada e sobrancelhas grisalhas e compridas como o pelo de um pincel. Ainda assim, parecia satisfeito com a vida: havia brilho em seu olhar, sua boca era firme, o nariz, elegante, e quem o visse não poderia adivinhar que se tratava de um patrão de uma casa de gueixas.

— Veja, patrão, lá vem o sensei!

— Onde? — perguntou o velho, enquanto espalhava água para apagar a fogueira. — Ah, ali! É mesmo. Crianças têm olhos de lince.

— Como vai o senhor? — perguntou, a duas ou três casas de distância, o homem a quem a menina se referira como sensei, levando a mão ao chapéu em cumprimento enquanto tentava não pisar nas poças d'água da rua. Chamava-se Nanso Kurayama, e era autor de folhetins para jornal. Devia ter uns quarenta anos e trajava um quimono de linho branco e um casaco de seda fina sem estampa; nos pés, levava meias brancas e sandálias com sola de couro. Não tinha cara de quem trabalha em escritório, tampouco de comerciante, e também não tinha pinta de ator. Havia muitos anos, escrevia romances seriados para os jornais de

Tóquio. Era autor de peças de kabuki e de *joruri*[11], além de crítico de teatro. Ao longo do tempo, adquirira reputação como escritor.

— Vamos entrando, sensei — disse o velho, abrindo a porta.

O escritor ficou ainda um tempo olhando a fumaça do fogo dos mortos que pairava sobre a passagem.

— É só na época do festival do equinócio[12] e do Obon que as ruas voltam a receber um pouco dessa atmosfera de antigamente. Fico pensando no seu filho, Sho... Já faz quantos anos?

— Este é o sexto ano da morte de Shohachi.

— Sexto, já? O tempo voa. No ano que vem já é o *shichikaiki*?[13]

— Isso mesmo. Nem sempre os velhos vão antes dos jovens... A vida dos homens é passageira.

— Este ano, os teatros estão planejando diversos espetáculos *in memoriam*. Quem sabe organizamos um para Shohachi? Ninguém entrou em contato com o senhor para conversar sobre isso?

— Não é que ninguém tenha falado nada. No terceiro ano de sua morte, vieram falar comigo, mas na época achei que era coisa demais para um menino tão jovem...

---

11. Nome dado às peças que são encenadas no teatro de bonecos, atualmente chamado de *bunraku*.
12. O equinócio de outono é um feriado budista tradicional, comemorado apenas no Japão. A palavra que designa a data em japonês, *higan*, significa, literalmente "na outra margem", ou seja, do lado da iluminação, ou nirvana, quando se abandona o sofrimento e a ignorância humanos.
13. Sétimo ano da morte. As datas importantes para o culto dos mortos no budismo japonês são o 49º dia da morte (quando é determinado o carma do falecido), e os 3º, 7º, 13º, 17º, 23º e 33º anos da morte.

— Não diga uma coisa dessas. Ele era um grande ator e faz muita falta.

— Se tivesse vivido mais uns quatro, cinco anos, talvez se revelasse um grande ator, mas quando morreu era apenas um novato. Podia ter muito talento, mas com vinte e dois, vinte e três anos, qualquer ator ainda está se aperfeiçoando. Nós da família sentimos sua falta, e talvez um ou outro fã. Mas não acho que seja o caso de realizar um espetáculo em sua homenagem, como se o garoto fosse um dos grandes atores de sua época... Seria pecar por presunção.

— Sim, entendo que o senhor não queira organizar o evento... Mas e se as pessoas que gostavam dele, seus fãs e espectadores, decidissem fazer alguma coisa? Ninguém poderia acusar o senhor de inventar obrigações ou inconveniências. O senhor devia deixar que os outros se mexessem para combinar uma homenagem...

— É, o senhor tem razão. É melhor mesmo que eu cale esta minha boca senil e deixe que os outros façam o que quiserem.

O velho e o escritor foram para um aposento de quatro tatames e meio que ficava nos fundos da Obanaya. Ainda que pequeno, aquele era o melhor cômodo da casa, e era o quarto do velho e de sua esposa, a gueixa Jukichi, motivo pelo qual se via ali um *butsudan*.[14] Depois dele havia um pequeno jardim de pouco mais de cinco metros quadrados, com uma lanterna de pedra acesa, seguido por um cômodo de menos de seis tatames, por onde as

---

14. Oratório budista presente nas casas japonesas, diante do qual se fazem as preces ao Buda e aos ancestrais.

gueixas entravam e saíam. Podiam-se ver, através da cortina de bambu do alpendre, a porta de correr e a janela que davam para a rua. Uma brisa refrescante passava por entre as casas, e tocava o sininho dos ventos pendurado no beiral.

— Está uma bagunça, como sempre, não repare. Por favor, tire o seu *haori*.[15]

— Não precisa, o ventinho está tão bom — disse o escritor, olhando à sua volta enquanto se abanava com o leque. Uma gueixa entrou, trazendo os apetrechos de fumar e alguns doces. Era Komayo. Ela conhecia Kurayama-sensei não apenas das duas ou três vezes que o vira ali mesmo, na Obanaya, mas também de outras ocasiões, em banquetes e festas nos quais ela trabalhara. Também já cruzara com ele em teatros e espetáculos de dança e música. Assim, pôde saudá-lo com certa intimidade:

— Sensei, seja bem-vindo.

— Olá! Você esteve ótima na apresentação daquele dia. Tenho algo a lhe pedir.

— Pedir? Para mim? Que honra! Mas o que uma pessoa como eu teria a lhe oferecer?

— Olha que eu digo, hein? Se você não se importar que eu diga na frente do seu patrão... — e deu uma risada.

— Mas se o senhor tem algo a dizer, que diga logo! Não sou tão frágil assim — riu ela alegremente, e já se levantava quando, do fundo da casa, veio a voz de Hanako, estridente:

— Komayo, tem gente aqui para você!

---

15. Casaco que se põe sobre o quimono.

— Já vou! — e, dirigindo-se a Kurayama: — Sensei, o senhor vai ter de me desculpar... — ergueu-se em silêncio e partiu.

— A sua casa está sempre tão animada — disse o escritor, enquanto batia o cigarro no cinzeiro. — Quantas são?

— No momento, três grandes e duas pequenas. Uma verdadeira algazarra.

— Aqui em Shinbashi, a sua casa é a mais antiga, não? Em que ano de Meiji foi fundada?

— Pois é... Eu me lembro de ter vindo pela primeira vez a Shinbashi, para me divertir, na época da Guerra do Sudoeste.[16] Naquele tempo, minha sogra, a mãe de Jukichi, ainda era viva. Elas ganhavam muito dinheiro trabalhando aqui. Como mudou o mundo! Na época, Shinbashi era tipo Yamanote, que hoje é um bairro chique. As melhores gueixas eram de Yanagibashi. Depois vinha San'yabori, Yoshicho e Shitaya. Em Akasaka, não faz muito tempo ainda se conseguia chamar gueixas para festas no segundo andar de restaurantes de *soba*. E elas iam para a cama por duas moedas de dez centavos! Esses lugares juntavam muita gente, pois atiçavam a curiosidade do público.

Kurayama concordava com tudo, acenando com a cabeça. Tirou discretamente da manga um bloco e se pôs a fazer anotações das coisas que o velho dizia. Tinha o hábito de ouvir histórias das pessoas mais velhas (quem quer que fossem) e de anotar essas reminiscências de tempos passados para gerações posteriores. Quando vinha a Shinbashi, nunca deixava de passar pela Obanaya.

---

16. Também conhecida como Rebelião de Satsuma, foi um levante, ocorrido em 1877, de samurais insatisfeitos com a Restauração Meiji.

O patrão da Obanaya era perfeito para o projeto de Kurayama, e para o velho, não havia ouvinte mais atento do que o escritor. Em uma época em que todo mundo vivia tão ocupado, não havia mais ninguém que, como Kurayama, estivesse disposto a ouvir, sem se cansar, as vantagens e ladainhas de um ancião. Quando as visitas do escritor se tornavam mais espaçadas, o velho chegava a se preocupar se não teria acontecido algo a seu amigo.

O nome do velho no registro civil era Chojiro Kitani. Nascera no primeiro ano do Período Kaei (1848), herdeiro de um samurai de baixo escalão, a serviço do xogum. Quando jovem, fora um homem muito bonito, e todos diziam que se parecia com o ator Sansho VIII. Com mais sorte, poderia ter levado uma vida de mocinho de *ninjobon*[17]; mas, justamente quando completou vinte anos, veio a queda do xogunato, e a sinecura a que tinha direito foi revogada. Ele ainda tentou investir em negócios, como fizeram muitos samurais que perderam suas rendas, mas não teve sucesso. Restava-lhe a vida de artista. Quando criança, sempre gostara de contar histórias, então decidiu tentar esse ofício. Por sorte, conseguiu se tornar aprendiz de um amigo de seu falecido pai, um tal Ichizan, na época bastante popular, que contava histórias de guerra. Adotou o nome artístico de Gozan e, graças a sua aparência e talento, logo se tornou conhecido. Foi nessa época que conheceu Jukichi, filha do patrão da Obanaya, quando ela trabalhava em uma festa. Foi amor à primeira vista, e Jukichi o cobriu de presentes até convencê-lo a se casar com ela.

---

17. Narrativas românticas em prosa, em geral com ilustrações, direcionadas ao público feminino, impressas em larga escala por meio da técnica da xilogravura e de baixo custo.

Tiveram dois filhos homens. A princípio, ele desejara que Shohachi, o mais velho, estudasse para se tornar alguém importante, de modo a restabelecer o prestígio da família. No entanto, tendo nascido em uma casa de gueixas, o menino já demonstrava aptidão artística desde a escola primária. O velho tentara dissuadi-lo, punindo-o severamente, às vezes até mesmo com castigos físicos, mas no fim dera o braço a torcer. Afinal, talvez fosse melhor dar apoio ao filho, que poderia se tornar alguém importante na carreira escolhida. Assim, quando Shohachi fez onze anos, o velho pedira à casa de Danshu Ichikawa que o acolhesse como aprendiz. O menino recebeu o nome de Raishichi Ichikawa. Aos dezenove, após a morte de Danshu, já era tão popular que se tornara alvo da inveja de seus pares. Então, de repente, durante uma epidemia de gripe, caiu enfermo. A gripe se agravou, evoluiu para uma pneumonia, e ele morreu ainda jovem.

Na mesma época, o irmão mais novo de Shohachi, Takijiro, estava quase se formando no colegial. No entanto, não se sabe muito bem por quê, o menino recebeu uma advertência da polícia, por ocasião de uma investida contra as gangues de delinquentes juvenis, e foi expulso da escola.

O velho, já cansado da vida, ainda teve mais um desgosto. Algum tempo depois, houve uma disputa entre os contadores de história e os empresários de teatro, e, num acesso de fúria, ele devolveu à guilda sua licença de trabalho.

De fato, como ele não vinha de uma família de artistas, indispunha-se frequentemente com os outros contadores de histórias, que não gostavam muito dele. Ele se achava em paz com o mundo e procurava não levar nada tão a sério. Contudo, não se dava conta de que seu orgulho e manias continuavam intactos. Na época em que Ichizan ainda era vivo, trabalhava muitas vezes em banquetes ou festas com gueixas. Um belo dia, porém, foi chamado para se apresentar numa festa de inauguração da casa de certo cavalheiro — um novo rico — e, entusiasmado com a história que estava contando, acabou passando dos limites e ofendendo o dono da casa. Desde esse incidente, nunca mais aceitou se apresentar em festas de particulares. "Tem muita coisa que não se pode dizer", justificava-se. Optou por se dedicar a casas de espetáculo. A contação de histórias, pensava, não era interessante se não houvesse liberdade de fala: "Se as pessoas importantes quiserem assistir às apresentações de Gozan, que comprem um ingresso! Gozan se apresenta da mesma maneira sem olhar a quem, seja uma plateia de humildes artesãos ou de nobres cavalheiros." Suas apresentações, como as do famoso Shikoden Furyu, tornavam-se mais malcriadas à medida que ele envelhecia, arrancando gargalhadas do público, e ele era cada vez mais popular. Enchia as salas mesmo na baixa temporada, de fevereiro a agosto.

Kurayama era um ávido frequentador de seus espetáculos, e foi daí que surgiu a amizade entre os dois.

— O senhor às vezes não tem vontade de voltar a se apresentar? Desde que parou, nunca mais fui assistir a um contador de histórias.

— As coisas mudaram muito. Acho que não se interessariam mais por minhas histórias. Hoje ninguém quer ficar quieto, escutando alguém falar calmamente.

— A moda agora é o cinematógrafo!

— Ninguém mais quer ouvir *gidayu* nem *rakugo*[18], nenhuma das artes cênicas.

— E não são apenas as casas de espetáculos que estão em apuros. Os teatros também. Ninguém mais se interessa pela apresentação do artista. As pessoas assistem a qualquer coisa, desde que seja barato, de fácil acesso, e que se possam ver diversas coisas diferentes, tudo no mesmo lugar. Assim, não tem como concorrer com o cinematógrafo.

— É, é isso mesmo... É como o senhor diz, hoje em dia ninguém mais se interessa pela apresentação do artista, do ator, do contador de histórias. É por isso que, mesmo com as salas de espetáculo vazias, as revistas de histórias continuam vendendo. Eu não gosto de ouvir histórias no gramofone. Também não gosto de ler histórias. Seja qual for o tipo de espetáculo, quando se está diante de um artista, ele vai criando o ritmo da apresentação, e, sem se dar conta, a gente acaba entrando naquele mundo junto com ele. Não é arte se não tiver essa espécie de mágica que se cria no encontro entre o artista e seu público. O senhor não acha?

O velho contador de histórias e o antiquado escritor tomaram um pouco do chá amargo e frio, e iam continuar sua nostálgica discussão quando Jukichi, a patroa da Obanaya, abriu a porta de correr e entrou.

— Que surpresa! Seja bem-vindo!

Era uma senhora baixinha e gordinha, mas não tinha nada daquele jeito desagradável das matronas de casas de gueixas ou restaurantes, que são servis e sorriem pela frente,

---

18. *Gidayu*: recitativo acompanhado de *shamisen*; *rakugo*: contação de histórias cômicas. Um único contador faz as vozes de todas as personagens.

mas fazem a nossa caveira pelas costas. Tinha um rosto satisfeito, olhos arredondados e bochechas gordas, um pouco caídas. Passava a impressão de ser uma pessoa boa, sem maldade, a qualquer um que a visse. Parecia estar voltando de alguma festa, pois vestia um quimono de seda finamente estampado e um *obi* de cetim. Possuía a dignidade que normalmente se associa a uma professora de canto, e não a uma gueixa de Shinbashi. Nenhuma das gueixas, nem as aprendizes, nunca tivera algo de ruim para dizer sobre ela. Assim como as outras donas de casas de chá de sua rua, ela era uma gueixa mais velha, e, como tal, fazia jus ao tratamento de senhora. Jukichi nunca falava de suas colegas, e deixava os assuntos da profissão a cargo da guilda — que, por sua vez, considerava-a confiável e digna de respeito. As gueixas que se sentiam injustiçadas também a admiravam e buscavam seu conselho, assim como aquelas que, não sendo mais novatas, encontravam-se naquela fase um tanto desconfortável na qual eram tratadas como *neesan*.[19] Todas essas mulheres tinham um carinho especial por Jukichi, e muitas achavam que ela deveria se impor mais dentro da guilda. Jukichi, porém, achava que não tinha mais idade para assumir um cargo administrativo ou se envolver na organização dos espetáculos de dança, mesmo que assim pudesse dar destaque às gueixas da Obanaya. Se pelo menos Shohachi estivesse vivo e fosse um grande ator, ou se seu filho mais novo estivesse estudando, com um futuro promissor à sua frente, ela se sentiria na obrigação de trabalhar com mais afinco e acumular algum patri-

---

19. Irmã mais velha.

mônio para eles. Mas o primeiro estava morto e o segundo fracassara — fora expulso de casa. Assim, a velha gueixa se contentava em viver tranquilamente o resto dos seus dias com seu velho marido. Sua casa tinha tão boa reputação que sempre havia uma gueixa ou outra pedindo para trabalhar com ela; e Jukichi ainda podia contar com um bom número de antigos clientes fixos: trabalho não faltava. Apesar disso, volta e meia ela se pegava pensando nos filhos.

Ajoelhou-se na frente do *butsudan* e disse uma prece. Depois, apagou a vela e fechou o oratório. Voltou ao quarto da frente e pôs um *yukata* tingido. Quando seu marido passou por ela, acompanhando Kurayama até a porta, ela conversava com a velha criada.

— Mas já vai, sensei? Por que não fica mais um pouco?

— Obrigado pela hospitalidade. Um dia desses volto a importunar vocês.

— E eu achando que o senhor iria comigo à aula de canto.

O escritor riu.

— Mais um motivo para eu escapar. Ando muito parado, faz um tempão que não pratico. Por favor, transmita meus respeitos à professora.

— Espero revê-lo em breve.

A gueixa voltou com o marido para o aposento dos fundos. Pôs-se a fumar, mas, de repente, lembrando-se de algo, perguntou ao velho:

— E Komayo, está aí?

— Saiu faz pouco tempo.

— Descobri hoje que o motivo de ela ir à Hamazaki a toda hora é porque o benfeitor de Rikiji manda chamá-la. E eu nem desconfiava.

— Olha só — respondeu o velho, enquanto polia com uma flanela um porta-fumo de cascas secas de tangerina.

— Uns dois ou três dias atrás, eu me encontrei por acaso com Rikiji. Ela disse umas coisas que não entendi direito, eu me lembro de na hora ter achado estranho, mas depois não pensei mais nisso. E hoje um cliente me contou a história toda, tim-tim por tim-tim, e eu pensei, *ah, então é isso*!

— Com aquele jeito de inocente, essa daí no fundo tem duas caras.

— Eu não vou gostar se as pessoas acharem que eu tenho alguma coisa a ver com isso.

— Mesmo assim, é melhor não dizer nada. Deixa o barco correr. Se antes de começar a andar com esse homem ela tivesse lhe perguntado alguma coisa, você poderia ter dito o que pensa, mas agora que a coisa toda já está em marcha, não tem mais o que fazer. As gueixas de hoje são todas assim: não dão a mínima para os outros e, justamente por isso, não se intimidam facilmente.

— É verdade. O senhor nem sabe as coisas que eu ouvi hoje. Até uma conversa sobre ele pagar a dívida dela. Parece que ele se ofereceu para pagar a dívida, mas ela ainda não respondeu nem que sim nem que não.

— Ela anda saindo tanto, vai ver que tem planos ainda mais ambiciosos.

— Bom, enquanto ela estiver ganhando dinheiro para a Obanaya, não se pode dizer nada. Mas ela não vai ser jovem para sempre, e, se alguém está se oferecendo para pagar a dívida, ela deveria aceitar.

— E esse benfeitor, quem é? É da nobreza?

— Eu já lhe disse que é o benfeitor da Rikiji.

— E o benfeitor da Rikiji, quem é?

— Pois então o senhor não sabe! Aquele que trabalha numa empresa de seguros, como é mesmo o nome dele? Tem uns trinta e seis, trinta e sete anos... Menos de quarenta. Um bonitão, de bigode.

— Ah, então ela teve a sorte grande. Mas se o trabalho está tão interessante, não é de se espantar que ela ainda não esteja pensando em aposentadoria. Com um benfeitor desses, ela pode até arrumar um amante! Um ator, talvez — e o velho caiu na gargalhada.

— Ah, o senhor não tem compostura, mesmo! — disse Jukichi, batendo o cachimbo no cinzeiro.

A velha olhou para ele com reprovação, mas não conseguiu ficar brava por muito tempo.

Nesse momento, tocou o telefone da sala da frente.

— Mas será que ninguém vai atender? — disse Jukichi, levantando-se a contragosto.

5

Um sonho à luz do dia

Ao final de agosto, houve uma seca tão grave que começou a correr o boato de que o fornecimento de água ia ser interrompido. Um dia, ao entardecer, uma chuvarada desabou, prolongando-se por toda a noite e a metade do dia seguinte. Quando a chuva cessou e o céu ficou livre de nuvens, já não era mais a mesma estação. O outono chegara, mudando a cor do céu e trazendo brotos aos salgueiros. Os sons também eram diferentes: à noite, ouvia-se o eco dos *geta*[20] dos passantes, o tilintar dos sinos dos riquixás e o cricrilar dos grilos dentro das cestas de lixo das ruas.

Komayo queria que Yoshioka a levasse a uma estação termal, como Hakone ou Shuzenji, mas a chuva interrompera não apenas o serviço da linha ferroviária de Tokaido, como também o de Tohoku. O jeito foi sugerir a Yoshioka uma estadia na Sanshun'en de Morigasaki. A Sanshun'en era a sede campestre da Taigetsu, uma casa de chá de

---

20. Tamanco de madeira com dois saltos de plataforma, usado para caminhar na rua em lugares onde há lama ou o terreno é escorregadio.

Kobiki, considerada a mais importante de Shinbashi. Não era qualquer um que podia se hospedar lá. Inicialmente, em um gesto grandioso, a patroa da Taigetsu mandara construir o prédio como uma casa de veraneio particular, mas logo se arrependeu de ter deixado a ganância falar mais alto, gastando com um lugar tão grande e luxuoso para deixá-lo quase sempre desocupado. Assim, deixara a Taigetsu a cargo de sua filha adotiva e de algumas serviçais de confiança, e mudara-se para a Sanshun'en, que transformou em uma espécie de filial do estabelecimento de Shinbashi. Ela contava com seus clientes de longa data e com as gueixas que frequentavam a Taigetsu para divulgarem a casa de chá e trazerem novos hóspedes. Os habitués da Sanshun'en gozavam de tranquilidade em suas aventuras amorosas, pois o serviço era organizado de maneira que nenhum cliente fosse visto por outros. Toda essa discrição e hospitalidade eram recompensadas com generosas gorjetas. O prestígio da casa era tal que, para as gueixas, ir a Morigasaki com algum cliente ou benfeitor equivalia a uma promoção de status. Algumas delas chegavam a comprar do próprio bolso algum presente de lá para levar à Taigetsu, em agradecimento pela estadia (e também para mostrar às outras que haviam ido à elegante casa). É claro que esse era um dos motivos para o súbito desejo de Komayo de ir à Sanshun'en com Yoshioka.

Já passava das dez horas quando a criada veio recolher as bandejas do desjejum. O céu de outono tinha poucas nuvens. De vez em quando, o vento chacoalhava as folhas das flores do alpendre, derrubando as gotas de orvalho. Mas o respingo não assustava as cigarras, que continuavam a silvar tranquilas, desde antes do amanhecer.

Komayo estava deitada de bruços, vestindo como pijama um *yukata* com um *obi* estreito. Trazia os cabelos presos em um coque simples. Enquanto fumava, lia o *Jornal Miyako* que a criada trouxera. Deu um bocejo e disse a Yoshioka:

— É tão bom, aqui. Tão tranquilo.

Yoshioka tinha um charuto na boca e havia algum tempo admirava o desalinho dos cabelos da mulher ao despertar pela manhã. Sentou-se no leito e disse:

— Justamente, é bom ter uma vida tranquila. Por que você não me ouve e deixa a vida de gueixa?

Komayo, calada, respondeu com um sorriso.

— Komayo, por que não? Você não confia em mim?

— Não é que eu não confie. Mas tem outras coisas...

— Olha aí, está na cara que você não confia em mim.

— Isso não tem como dar certo, você não vê? Você tem Rikiji, e a patroa da Murasaki em Hamacho. Se eu fizesse o que você quer, talvez fôssemos felizes no início, mas tenho certeza de que a coisa não duraria muito.

— Eu não tenho praticamente mais nada com Rikiji. A gente já não falou sobre isso ontem? Como você vem me dizer a mesma coisa agora? E com a de Hamacho, eu acertei desde o começo que não havia compromisso. Mas, se você ainda assim não se sente segura, bom, então não há nada que eu possa fazer...

— Ai, mas eu não posso dizer nada que você já fica bravo! — disse ela, dengosa, e enfiou o rosto no peito dele, deixando o *yukata* aberto no colo.

O cabelo gelado da mulher, sua testa morna, encostaram no peito nu de Yoshioka, e ele sentiu um arrepio. A sensação do peso e do calor do corpo dela sobre o seu foram penetrando todo o seu ser. Ainda sonolento da noite de vigília, era como se ele entrasse em um estado de agradável torpor. Observando mais uma vez o corpo, o rosto, o cabelo em desalinho da mulher em seu colo, foi tomado por um violento desejo de possuí-la, não apenas seu corpo, mas seu coração, sua mente, sua vida. Era estranho e maravilhoso ao mesmo tempo gostar tanto dessa mulher, que ele largara anos antes. Naquela noite de verão em que a encontrara no Teatro Imperial e a chamara à Casa Hamazaki, ele queria apenas recuperar o entusiasmo de sua juventude. Mas continuaram a se encontrar noite após noite, e agora ele estava tomado pela necessidade de tê-la toda para si.

"Que coisa estranha. Essa não era a minha intenção, no começo..." Cada vez que Yoshioka via o rosto de Komayo, chegava à constatação — com surpresa — de que seu coração não era livre como ele imaginava. De todas as aventuras amorosas que tivera, nunca nenhuma provocara nele esses sentimentos conflituosos. Desde a faculdade, sempre teve uma imagem de durão, insensível, levando uma vida regrada, sem distrações. Quando ia a restaurantes de *soba* ou de grelhados com os amigos, não gostava que pagassem sua parte, assim como não gostava de pagar a dos outros — fazia questão de sempre dividir a conta escrupulosamente. Quando, na mesma época, começou a pagar pelos serviços de gueixas, adotou a mesma atitude de clareza e discernimento, insistindo em separar as coisas. Em vez de reprimir o desejo ou se deixar seduzir por uma garçonete ou outra aventureira, era muito melhor comprar uma mulher que soubesse o que estava fazendo. Comprando uma mulher, uma especialista, para satisfazer os seus desejos, ele podia se concentrar nos estudos e passar com notas boas — ou seja, unir o útil ao agradável. Ele pertencia a uma nova geração, livre da moralidade confucionista. Os novos tempos eram utilitaristas, e o que interessava era o sucesso, a conquista de resultados. Yoshioka nunca questionara esses princípios, pois foram eles que asseguraram o seu lugar no mundo. Esse era o espírito da época. Ele era capaz de calcular quanto custava o seu divertimento, e fazia seus planos de acordo com o orçamento. Se sobrava dinheiro ao fim do mês, não se importava de dar a quantia à mulher com quem estivesse saindo. Já nos meses em que estourava o orçamento, recusava todos os convites de mulheres, por mais que suplicassem a sua presença.

Ele seguira esses princípios à risca desde que começara a trabalhar. Sua decisão de se tornar o benfeitor de Rikiji, da Minatoya, não fora baseada em desejo, nem em paixão, e sim em sua veleidade de ser visto como um cavalheiro "moderno". Corria o boato de que Rikiji fora amante de Shunpo Ito, o político, e isso lhe assegurara uma reputação de destaque entre as gueixas. Desde então, ela se portava como se um passe de mágica a tivesse transformado em uma *grande dame*. Inventou de fazer aulas de cerimônia do chá, aprender a tocar *koto*[21], caligrafia, pintura. Em seus cálculos, o jovem empreendedor Yoshioka compreendeu perfeitamente que, para um benfeitor, o custo de uma gueixa de baixa extração seria, no final das contas, o mesmo

---

21. Cítara horizontal japonesa. Instrumento de cordas dedilhadas associado à nobreza e ao refinamento.

de uma de fino trato. Além do quê, Yoshioka se divertia imaginando o susto que seus conhecidos iriam levar ao ver seu nome nas colunas sociais do *Jornal Miyako*. Começou então a cortejar Rikiji com descuidada extravagância. Com a beleza e o dinheiro de Yoshioka, ela não demorou muito para se deixar convencer. No entanto, por mais refinada que fosse, a gueixa era três anos mais velha que ele; quando saía à luz do dia, com o seu quimono *montsuki*[22] de gola branca, discreta, sem maquiagem, podiam-se ver as pequenas rugas ao redor de seus olhos, sua testa larga, a boca grande, e a aparência de uma mulher carrancuda de meia-idade. Além disso, justamente por ela ser tão respeitada na profissão, Yoshioka ficava um pouco desconfortável, mesmo sendo seu benfeitor. Havia inclusive momentos em que ela passava a nítida impressão de estar debochando de seu "senhorzinho", e não raro ele se surpreendia imaginando como seria ter uma gueixa mais jovem, que se entregasse totalmente a ele.

Ao mesmo tempo, Yoshioka sempre arrumava uma desculpa para não romper definitivamente com a criada a quem dera dinheiro para abrir a Murasaki em Hamacho, embora parte do motivo do investimento fosse justamente se livrar dela. E eis que agora reencontrava Komayo, a gueixa de seus tempos de estudante. Yoshioka sentia que com ela tinha uma intimidade maior, como se o relacionamento fosse mais verdadeiro, menos artificial se comparado aos que tivera até então. Com ela, não precisava ficar controlando o

---

22. Modelo discreto e sóbrio de quimono, em geral preto ou azul-marinho, com o brasão da família ou da casa a que se pertence.

que fazia ou dizia. Além disso, ela era jovem e muito bonita, e causava boa impressão quando os dois eram vistos juntos. Como já planejava havia algum tempo construir uma casa nos arredores de Kamakura, teve a ideia de instalar Komayo ali, pagar a sua dívida, fazê-la sua amante, e dormir com ela relaxado nos finais de semana.

Yoshioka achava que, quando dissesse a Komayo que construiria uma casa de campo só para ela, pagaria sua dívida e ainda daria uma luxuosa festa de inauguração, ela iria concordar na hora. Mas Komayo não respondeu nem que sim nem que não, e ele logo se sentiu irritado e ofendido; em seguida, se desesperou como alguém que acaba de perder um tesouro. Decidiu dar mais uma chance à gueixa, tentar entender o que se passava em sua cabeça; se, ainda assim, ela continuasse a recusar, não haveria alternativa senão romper definitivamente, nem que fosse em nome de seu orgulho de macho ferido. No entanto, naquele momento, com o coque solto e o corpo descontraído no leve quimono, ela lhe parecia uma esposa, não uma gueixa, e ele sentiu uma ponta de tristeza ao pensar que ela não era sua amante e que os dois não estavam na casa que ele queria construir nos arredores de Kamakura.

Adorava quando Komayo usava o cabelo preso dessa maneira mais prosaica. A primeira vez que a vira assim fora no quarto ou quinto encontro. Komayo viera direto do hospital, onde fora visitar uma colega doente, chegando à casa de chá com um penteado simples e o quimono dobrado na cintura, como uma mulher comum. Parecia uma pessoa completamente diferente da Komayo vestida de gueixa, com o coque *tsubushi* ou *ichogaeshi*[23], de quimono arrastando no chão. Vestida de maneira mais simples, havia algo nela que lembrava a graça e o frescor de Takeo Kawai.[24] A atração que sentia por ela era mais forte do que a que tinha por Rikiji, com todo o seu *savoir faire*, e muito mais do que a que sentia pela patroa da Murasaki, que tinha um jeito pesado de se mover e às vezes era simplesmente lasciva e vulgar. Desde a primeira vez em que vira Komayo despojada da parafernália de gueixa, crescera nele o desejo de mantê-la assim, um desejo que se tornava mais difícil de controlar cada vez que a via, cada vez que os dois compartilhavam o travesseiro.

— Ai, está pesando![25] — disse ele, tentando se livrar dela, mas quanto mais a empurrava, mais ela enfiava o rosto no seu peito.

Com uma voz dengosa, ela respondeu:

— Ah, me deixa ficar aqui. Estou com sono! Não consegui dormir nem um pouquinho de noite...

Komayo virou a cabeça e ficou olhando para ele, que reclamou:

— A culpa é sua, oras.

— Seu bobo — e, fazendo uma cara emburrada, enfiou a mão no quimono de Yoshioka e deu-lhe um beliscão no peito.

---

23. Tipos de penteado japonês. *Tsubushi shimada* é um coque frouxo e achatado preso na parte de cima da cabeça, com o rabicho amarrado com uma fita e apontando para frente; era usado por mulheres de mais de vinte anos de idade. Já no *ichogaeshi*, o cabelo é armado em duas voltas laterais na parte posterior da cabeça e arrematado com um coque no centro.
24. Takeo Kawai (1877-1942): ator de *shinpa*, ou teatro japonês moderno. Era um *onnagata*, ou seja, fazia papéis femininos. Foi um dos mais importantes atores de seu tempo.
25. Os próximos dez parágrafos não constavam da edição de 1918.

Esse tipo de brincadeira infantil era uma astúcia da profissão, quase uma arte, pode-se dizer, que as mulheres da vida usavam a seu favor. Não apenas Komayo, como todas as mulheres desse tipo, tinham um estratagema fixo — aprendido sabe-se lá com quem — que usavam quando um homem lhes fazia alguma pergunta difícil de responder. O truque consistia em surpreender o homem para confundi-lo e desviar a sua atenção da questão inicial. Yoshioka sabia muito bem do que se tratava. Ele era um habitué do bairro das gueixas, e já presenciara cenas semelhantes muitas vezes. Algumas se punham a soluçar antes de cederem; outras se mostravam distantes e na última hora se jogavam aos pés do homem. Havia também as que se faziam de bobas, agindo infantilmente. Seja qual fosse o truque, a estratégia consistia em atiçar uma emoção em si mesma, a ponto de ficar como que embriagada; nesse momento, o mais experiente dos homens acabava por se deixar iludir. Yoshioka gostava muito dessas pequenas cenas, e não raro criava situações para que as mulheres pusessem em uso seus repertórios de gestos apenas para o seu deleite.

Os dois começaram a se beliscar mutuamente, e a brincadeira o distraiu por um momento. A conversa séria teria de ficar para depois.

Ela sabia, no entanto, que a trégua era temporária e que mais dia menos dia teria de lhe dar uma resposta. Se continuasse a se esquivar por muito tempo, seria o mesmo que recusar. E se recusasse, não só perderia um bom cliente, como jogaria sua sorte no lixo. Por outro lado, e isso a aterrorizava, se aceitasse se tornar a amante de Yoshioka, e se ele a abandonasse no futuro, ela estaria em péssima situação, e seria obrigada a voltar a trabalhar como gueixa pela terceira vez. Se pudesse, preferiria continuar a ser gueixa e manter Yoshioka como cliente. Ela passara a noite pensando em uma solução para o seu dilema. Seria bom se pudesse continuar a trabalhar como patroa de uma casa de gueixas, pelo menos. Se ele concordasse com isso, ela prometeria não ir mais a nenhuma casa de chá e encerrar o serviço todas as noites às dez. Mas Yoshioka, tendo sustentado Rikiji por todo esse tempo, sabia muito bem que um arranjo desses não saía barato. Ele provavelmente recusaria a proposta. Ao mesmo tempo, se decidisse continuar a ser gueixa, ela não precisava necessariamente ter a sua própria casa. "Bom, a gente ainda vai ficar aqui dois ou três dias. Nesse meio-tempo, é bom pensar bem no assunto."

Yoshioka trabalhara o verão inteiro, reservando uma semana de férias para o outono. Durante esse período, ele planejava convencer Komayo a deixar a vida de gueixa. A Sanshun'en era um lugar muito mais adequado para seus planos do que as termas de Hakone ou de Shuzenji. Ali, eles eram obrigados a ficar juntos o tempo todo, cara a cara, sem intromissões externas.

No terceiro dia, Eda telefonou para a Sanshun'en atrás de Yoshioka. Ele precisaria voltar a Tóquio para resolver um problema com umas ações. Yoshioka prometeu que no máximo à noitinha já estaria de volta à capital. Como não queria deixar Komayo sozinha, mandou chamar duas gueixas para lhe fazerem companhia, Hanasuke, da Obanaya, e Chiyomatsu, de uma outra casa.

Komayo voltou para o quarto sozinha, caiu sentada no chão, jogou-se no tatame e começou a chorar. Já não sabia mais o que fazer. Nos últimos dois dias e duas noites, ela passara o tempo todo querendo fugir, mesmo sem ter um destino. Yoshioka, por sua vez, passara o tempo todo pressionando, exigindo uma resposta, e ela estava sem saída. Seu corpo estava cansado e sua cabeça latejava de dor. Quando ela pensava que ainda teria de ficar por ali mais dois ou três dias, a Sanshun'en, que fora ideia sua, parecia uma prisão.

Ouviu-se um canto de galo vindo de algum lugar. Para Komayo, o canto do galo remetia ao som do campo, e ela se lembrou de quando vivia longe, longe, em Akita. Lembrou-se das coisas ruins, dos momentos tristes, das horas de desespero, e um turbilhão de memórias lhe veio à mente. Ao galo se seguiu o grasnar de um corvo. Do alpendre, se ouvia o silvar das cigarras. Nesse momento, Komayo não conseguiu mais se conter. "Se eu ficar me prendendo aqui, não voltarei nunca mais para Shinbashi", pensou. "Mas por que será que tenho tantas saudades de Shinbashi, por que será que é só em Shinbashi que me sinto segura?" Desesperada, saiu ainda de pijama, sem saber aonde ir.

Assim que pôs o pé no corredor, Komayo levou um susto. Viu um homem muito bonito com um leque na mão, vestindo um *yukata*. Ele parecia mais assustado do que ela. Devia estar passeando pelo prédio vazio quando ela apareceu. Tinha uns vinte e seis, vinte e sete anos, não era magro nem gordo, e tinha as sobrancelhas raspadas e desenhadas a lápis. Era o ator *onnagata* Isshi Segawa.

— Mano? Você por aqui?

— Komayo? Mas que coisa, menina, quase me mata de susto! — e comprimiu a mão ao peito, acalmando-se e respirando fundo.

Komayo conhecia o ator havia muitos anos. Quando ela começou a trabalhar como gueixa, ele fora seu colega nas aulas de dança. Naquela época, ele estava apenas no início da carreira. Quando ela voltou a trabalhar em Shinbashi, reencontrou-o nos bastidores de uma apresentação de gueixas no Kabukiza.[26] Ele se tornara um ator de renome, e as gueixas o tratavam como um irmão mais velho. Ao vê-lo ali, naquele momento de desespero, ela sentiu a alegria própria do viajante que encontra um conterrâneo no exterior. A presença dele a confortava, e a solidão lhe pareceu menos aterradora. Estava tão feliz que quase o abraçou.

— Ah, maninho, desculpa, não queria assustá-lo.

— Estou até agora com o coração saindo pela boca. Não acredita? Toca aqui para ver — e levou a mão dela ao seu peito.

Ela ficou vermelha.

— Desculpa, por favor.

— Bom, está bem. Daqui a pouco eu me vingo.

— Puxa, maninho, eu já não pedi desculpas? A culpa é sua! Você ficou aí, parado, quieto, eu não o vi.

Ele não soltou a mão dela. Pôs-se a examinar a sua roupa e o seu cabelo amarrotados. Explicou que a temporada do Teatro Meiji terminara no dia anterior e ele viera à Sanshun'en para jogar cartas. No entanto, nenhum de seus amigos chegara ainda.

— Ah, que divertido!

---

26. Fundado em 1889, é, ainda hoje, o mais importante teatro de kabuki do Japão e uma das melhores casas de espetáculos de Tóquio.

— Divertido o quê?
— Divertido, ué. Quem é que está aí com você? Se não quiser que eu saia por aí espalhando, vai ter que me dar alguma coisa quando voltarmos a Tóquio!
— Olha só quem fala. Aposto como fui eu que interrompi o romance de alguém...

Ela pressentiu que ele estava para se afastar e, sentindo-se triste novamente, agarrou a manga do *yukata* do ator.

— Ai, maninho, estou numa tristeza! Você não tem pena de mim?
— Você vai passar a noite aqui? Podemos combinar de conversar mais tarde.
— Eu não tenho ninguém. Me deixaram aqui, sozinha no mundo...
— Bom, então somos dois. A dona da casa saiu, foi fazer não sei o quê.
— Ela também saiu?

Ao saber que a casa estava vazia, sentiu-se ainda mais solitária. O jardim dos fundos ardia sob os inclementes raios do sol. Não se ouvia um som, dentro ou fora do prédio, nem mesmo de gente passando na rua. Apenas o silvar das cigarras e de outros insetos.

Os dois ficaram um tempo ali, sem dizer nada, encarando-se.[27]

— Que silêncio — disse ele.
— Que silêncio, né?
— Komayo, o que você faria se eu fosse um ladrão? Não tem ninguém aqui a quem pedir socorro.

---

27. Na edição de 1918, o capítulo terminava aqui.

— Ai, maninho, não fale uma coisa dessas, estou ficando com medo — e, dizendo isso, agarrou-se nele com toda a força.

Quando as duas gueixas chamadas para fazer companhia a Komayo finalmente chegaram, de automóvel, encontraram a gueixa no leito, prostrada como se realmente tivesse sido vítima de um bandido. As duas se olharam, assustadas e enrubescidas.

6

O quimono do ator

O sol ainda estava alto quando Yoshioka, acompanhado do seu amigo gordo e beberrão, retornou à Sanshun'en. Eda tinha a intenção de voltar a Tóquio no último trem da noite, mas Komayo insistiu que ele dormisse ali no quarto e partisse no dia seguinte. Entusiasmada, serviu uísque aos homens noite adentro — bebendo como eles. Até Eda ficou constrangido. Lá pelas tantas, ela começou a passar mal, vomitou tudo o que tinha no estômago, incomodou todo mundo. Passou o dia seguinte deitada, com gelo na cabeça, reclamando da ressaca. Sem saber o que fazer, Yoshioka decidiu que a melhor estratégia era ir embora. Entretanto, boa parte daquele drama de Komayo era mentira. Ela também queria escapar dali. Assim que pôde, rumou direto para Shinbashi e, de lá, para o Templo Inari de Shinjuku. Era muito devota de Inari[28], e queria perguntar à deusa se

---
28. Deusa dos grãos ou do arroz, dentre muitos outros atributos. Associada ao trabalho dos ferreiros, dos comerciantes, ao sucesso financeiro e à boa colheita, é a divindade xintoísta com maior número de santuários, pois, acredita-se, atende às preces de quem a venera.

era arriscado demais deixar de ser gueixa e se tornar amante de Yoshioka. Depois disso, pensava em falar com a gueixa Jukichi e com a patroa da Hamazaki, para só então dar uma reposta a Yoshioka.

Komayo acabara de voltar da casa de banhos e, de cabelo preso, ia se sentar à penteadeira, quando a aprendiz Hanako apareceu, esbaforida por ter subido às pressas.

— Komayo, estão chamando.

— Já? Lá da Hamazaki, aposto. Mas não se tem mais sossego!

Ela imaginava que Yoshioka, que havia pouco saíra de carro da Sanshun'en, não devia nem ter passado em casa, indo direto para Tsukiji, de onde agora a estaria mandando chamar. Mas não era nada disso.

— Não, não é da Hamazaki, é da Gishun.

— Da Gishun? Mas que estranho. Tem certeza de que não é engano? — perguntou Komayo, inclinando a cabeça para o lado. Tentava entender o porquê daquele chamado fora do comum, mas ao mesmo tempo estava grata por não ser de Yoshioka. Deu um suspiro, aliviada. Como nunca fora à Gishun, ficou à vontade para pedir a Hanako que respondesse que não podia ir, porque seu cabelo estava desarrumado e ela não se sentia muito bem. Não demorou muito e Hanako voltou: haviam ligado da Gishun de novo, e disseram que só queriam falar com ela por um minutinho, que ela por favor fizesse a gentileza de ir até lá. Komayo ainda mandou perguntar quem queria tanto vê-la. Responderam que era "uma pessoa de sua intimidade", o que a deixou na mesma. Mas, como era indelicado recusar, chamou um riquixá, ainda que a contragosto. Entrou em uma ruazinha atrás do Ministério da Agricultura e do Comércio, passando por diferentes casas de chá até parar em frente a uma delas, com placa e portão de vime. Ao entrar, disseram-lhe que fosse imediatamente ao segundo andar. Subiu, temerosa, a escada. A sala da frente estava com a porta aberta. Havia um homem sentado de costas para ela, tocando um *shamisen*. Era Segawa, o ator que encontrara na Sanshun'en.

— Você aqui? — disse Komayo, feliz por ser ele. Por um instante, ficou parada, sem conseguir entrar no cômodo.

Dois dias antes, em plena luz do dia, num corredor deserto da Sanshun'en, ela vivera um sonho de felicidade. Não sabia dizer quem tomara a iniciativa, ou o que acontecera exatamente, mas, como ele era um ator famoso, Komayo pensava que seria só aquela vez, uma aventura de um dia. Isso lhe bastava: para uma gueixa, um encontro com um homem como aquele era um ganho extra, um pequeno golpe de sorte. E agora ali estava ele, passados três dias, mandando que a chamassem! Que surpresa! Que homem gentil! Os seus olhos se encheram de lágrimas de alegria, e ela ficou ali, parada, sem saber o que fazer ou dizer.

Ele estava — de propósito, certamente — tocando a canção *Machiwabite* ("Aguardo ansioso") ao *shamisen*. Sem largar o instrumento, disse:

— Vamos, entre. Aqui está mais fresquinho.

— É? Obrigada — murmurou, quase sem abrir a boca, olhando para o chão, como uma noiva pudica apresentada pela primeira vez ao futuro esposo.

Segawa achou a atitude da gueixa deliciosa. Ao mesmo tempo, uma súbita curiosidade o invadia. Ele nunca tinha visto uma gueixa se comportar de maneira tão ingênua e séria. Ela devia ter o quê? Uns vinte e três, vinte e quatro anos? Por certo, ele não fora o primeiro ator de sua vida. No entanto, o encontro entre os dois o marcou, tanto que, passados três dias, achou que devia chamá-la, nem que fosse por educação (afinal, ele era um ator refinado), e um pouco também para compensá-la pelo ocorrido.

Pensou que, ao vê-lo, Komayo fosse dizer algo do tipo "De novo? Que fogo, hein?", e não que fosse ficar sem jeito. Ao notar a reação da gueixa, ele teve certeza de que ela gostava dele, e se sentiu gratificado em sua vaidade de ator. Começava a achar aquilo divertido, e, lembrando-se de outras experiências que tivera na vida, imaginava qual seria a melhor maneira de seduzi-la.

Komayo, por sua vez, sentia-se abobada, vivendo um sonho dentro de um sonho. Era como se estivesse sob o encanto da astuta raposa: não conseguia falar, as mãos não obedeciam, e seu coração se enchia de alegria e gratidão.

Ao final, Segawa, sempre cuidadoso, ajudou Komayo a se vestir. Depois, com muito fastio, vestiu seu magnífico quimono e foi se sentar perto de uma janela, para aproveitar o vento refrescante. Ao longe, um vigia deu um sinal. Deviam ser dez da noite.

— Komayo, me alcance o chá.

— O chá está frio. Vou trazer um novo, quentinho — disse ela, diligente, levantando-se.

Segawa tomou-lhe o braço.

— Não, deixe. Não vamos chamar a atenção da criada.

— Sim, é verdade — ela ajoelhou-se e encostou-se nele.

— Mas eu também estou com sede. Engraçado, nem bebi tanto assim...

— Komayo, escute o que eu tenho a dizer: você vai arrumar um tempinho para me ver mais vezes, não é mesmo? Por favor.

— Claro que sim, maninho. Você também, por favor, não deixe de me procurar. Se você quiser, eu faço qualquer coisa para nos encontrarmos de novo.

— A gente bem que poderia dormir aqui hoje, mas não dá, a minha mãe é uma fera, vive no meu pé.

— Melhor não. E quando vamos nos ver outra vez? Estou sempre livre depois das onze.

— É melhor não dar muita bandeira, seu benfeitor pode descobrir. Vamos tomar cuidado.

— O meu benfeitor quase nunca fica para dormir. Talvez o mais difícil seja você conseguir sair de casa sem que o vejam.

— Bom, quando eu quero, durmo fora. Minha mãe reclama, mas não pode me impedir de fazer o que eu quiser. Chega a ser estranho, já que ela não é leiga em assuntos de gueixa. Quem sabe a gente se encontra amanhã à noite? Eu trabalho até as oito, nove, daí posso vir direto do teatro para cá. Fica bom para você? Ou você conhece um lugar ainda mais reservado?

— Não, está bom assim. Vou me planejar para vir, mas se aparecer algum cliente de última hora e eu não conseguir me livrar a tempo, você espera por mim?

— Prometo — disse Segawa, pegando a mão de Komayo como se aquela fosse a sua primeira aventura com uma gueixa. — Pode pedir que me chamem um riquixá?

Enquanto aguardava o riquixá, Segawa lhe dizia palavras doces. Komayo despediu-se dele e foi agradecer à dona da casa; quando pôs o pé na rua, deu-se conta de que se esquecera de chamar um riquixá para si. Voltou caminhando pela noite de outono. Havia estrelas no céu, e a brisa brincava com seus fios de cabelo soltos. Ela passou pelo Ministério da Agricultura e do Comércio e tomou a direção da Ponte de Izumo. Os seus *geta* ecoavam na calçada. Com o pensamento solto, ela olhava distraída para as luzes de Ginza brilhando ao longe. Pôs-se a andar sem rumo pelas ruas desertas.

As luzes nas janelas das casas de chá, os cantos de *joruri* que se ouviam na noite, tudo o que ela via, tudo o que ouvia, lhe parecia diferente de antes. Não se torturou tentando imaginar se Segawa tinha outras mulheres. Estava feliz demais para pensar nessas coisas. Se tivesse escolhido passar o resto da vida no interior, em Akita, ela jamais teria vivido uma noite como aquela. As dificuldades por que passara até então não lhe pareciam mais tão dolorosas. Pensou: "Que estranho é o destino das pessoas. Não se pode mesmo prever o que irá acontecer com a gente. Ser gueixa, afinal, é interessante, tem suas alegrias." Só agora ela parecia compreender realmente o que significava ser gueixa. Tudo mudara. Ela era a amante de um ator famoso, e sua reputação só tinha a ganhar com isso. Sentia-se de repente em uma posição mais alta na vida, como se tivesse recebido um prêmio.

Passou um riquixá com uma gueixa. Ela olhou para a mulher, tentando adivinhar quem era. "Se ela me olhar quando chegar perto, vou encarar de volta", pensou, tomada por uma nova coragem.

7

Pôr do sol

Na rua Konparu, o sol de verão se punha atrás das casas do lado oposto à Obanaya, penetrando por entre as frestas da cortina de bambu da janela da frente do segundo andar e tingindo o cômodo de dourado. Nesse momento, ouviu-se do térreo um berro urgente da criada, avisando:

— Olha o ofurô! A água está quente!

As gueixas do segundo andar estavam atiradas no tatame de qualquer jeito, prostradas com o calor. Komayo vestia um *yukata*, Kikuchiyo, um chambre de chita, de estilo ocidental, e Hanasuke, uma camisa e um saiote de algodão branco. Também estavam lá Hanako, a aprendiz, e Otsuru, uma menina que acabara de entrar para a casa.

Kikuchiyo devia ter vinte e um ou vinte e dois anos. Era baixinha e gorducha, e, devido ao pescoço curto e ao rosto e olhos arredondados, recebera das outras o apelido de Peixinho Dourado. Não era bonita, mas sua pele, visível através do tecido transparente da roupa que vestia, era branca, translúcida, macia. Dava vontade de acariciar seu queixo, seu pescoço, seu colo, como os de um gato. Seu cabelo estava sempre arrumado em um coque, fixado com apliques e cremes. Mesmo em dias escaldantes, tinha sempre a cara coberta por uma espessa camada de maquiagem, que às vezes dava a impressão de estar prestes a descascar. Gostava de quimonos vistosos, o que atraía a maledicência da gente; por outro lado, como suas escolhas de roupa e maquiagem faziam-na parecer mais jovem, costumava atrair clientes "bons".

A gueixa que estava só com a roupa de baixo, Hanasuke, tinha o cabelo crespo e os olhos negros. Seu rosto era plano e largo, e o corpo, firme. Ainda que fosse quase da mesma idade de Komayo, tinha uma aparência mais velha. Sabendo disso, e consciente de que jamais poderia competir com outras gueixas mais bonitas e jovens, adotara a estratégia de trabalhar diligentemente, servindo bem e com humildade. Assim, quando as gueixas mais requisitadas precisavam levar alguém com elas, geralmente pensavam em Hanasuke, que era confiável e séria. Tivera também a sorte, havia dois ou três anos, de conseguir um benfeitor, um agiota que, por algum motivo, gostava dela justamente porque não era bonita. Nunca tinha problemas de dinheiro, e carregava sua caderneta de poupança dos correios para cima e para baixo, como se fosse um patuá.

Hanako e Otsuru, que até então ensaiavam uma música no *shamisen*, guardaram os instrumentos. Kikuchiyo escancarou a boca num bocejo, tomando cuidado para não desfazer o penteado. Hanasuke se levantou e começou a se espreguiçar. Todas prenderam os cabelos com um pente, preparando-se para o banho, exceto Komayo, que continuava deitada, de cara para a parede, sem se mover.

— Que horas são? Já está na hora do banho?

— Levante-se! Olha, se você não se levantar, eu vou aí e faço cócegas!

— Lamento, mas devo recusar sua oferta.

— Que oferta? Está louca?

— Ih, essa daí não anda muito bem da cabeça. Desde ontem. Durante a noite, começou a falar sozinha enquanto dormia. Acordei apavorada, achando que tinha mais alguém no quarto.

— Eu? Falei enquanto dormia? — perguntou Komayo, surpresa. — Bom, devo uma a você — completou, levantando-se.

— Já entendi, você está de homem novo.

— Eu? Mas não se pode nem dormir um pouco mais que já acham que tem homem na história? Quero compensar o incômodo que causei na Sanshun'en, naquela noite em que eu bebi todas.

— Mas por quê?

— Tomei quase uma garrafa inteira de uísque sozinha. Ainda estou meio tonta.

— Koma-chan, deixe de conversa e nos conte o que está acontecendo. Até dona Jukichi, embora não tenha dito nada, está claramente preocupada.

— Ai, meninas, estou numa encrenca sem tamanho. Não quero terminar com aquela certa pessoa, mas também não posso continuar assim; já está correndo por aí o boato de que ele irá pagar a minha dívida. Não aguento mais esse suplício!

— Você o verá hoje à noite?

— Não, faz muito tempo que ele não pede que me chamem. Desde aquela noite lá na Sanshun'en. Mas logo,

logo ele vai querer me encontrar, e eu ainda não sei o que lhe dizer!

Ouviram-se passos na escada. Era Osada, a senhora da recepção. Tinha uns quarenta e quatro, quarenta e cinco anos, era magra, com olhos grandes, nariz pequeno e rosto oval. Quando jovem, não fora feia. Vestia-se bem e conservava uma aparência elegante, apesar do cabelo grisalho e do rosto enrugado prematuramente pela maquiagem pesada. Começara nessa vida como *oiran*[29] em Susaki. Depois se casou, mas o marido já falecera havia mais de sete anos. Entrou na Obanaya como criada, por meio da indicação de uma agência de gueixas. Observara pacientemente o trabalho da atendente e, quando sua antecessora foi demitida por ter cometido certo erro, Osada estava pronta para assumir o posto.

Komayo levou um susto ao vê-la se aproximar. "Com certeza é Yoshioka, atrás de mim." Perguntou:

— Eu tenho que ir?

— Não, é um chamado para Kikuchiyo. Para ir a Shinpuku. A festa na Midoriya é às seis, então pode ir direto de lá — disse Osada, num tom meio de ordem, meio de consulta. — Acho que você pode usar o mesmo quimono de ontem.

Kikuchiyo, sem dizer nada, dirigiu-se apressada ao quarto de banho.

Não é que Kikuchiyo e Komayo não se dessem bem. No entanto, Kikuchiyo sofrera um pouco com a chegada

---

[29]. Prostituta de alto nível, com formação nas artes tradicionais e de entretenimento. Não se enquadra nem na categoria de gueixa nem na de prostituta "normal" ou de "baixo nível". As roupas, penteados e maquiagens das *oiran* tinham uma importante influência sobre a moda de cada época, e muitas eram famosas e respeitadas.

de Komayo, um ano antes. Na época, ela acabara de pagar o seu contrato, e agora podia receber uma parte dos lucros da casa. Sua posição naquele mundo estava assegurada por dois clientes importantes: um secretário que trabalhava em um ministério e um parlamentar da província. O sucesso de Komayo a incomodava, e ela não escondia bem seu desconcerto. Komayo, por sua vez, sentia certo desprezo por ela, porque a seu ver uma mulher tão feia não poderia se achar tão importante. Hanasuke, que não era bonita e tinha algum juízo, não tomava o partido nem de uma nem de outra; pelo contrário, fazia de tudo para que ambas a convidassem quando tinham compromissos. Porém, como se assemelhava a Komayo tanto pela idade quanto pelas dificuldades que haviam passado, era com ela que trocava confidências. Hanasuke começara sua carreira em Yoshicho, e chegou a ter sua dívida paga por um homem. Mas quando, três anos atrás, ele a abandonara, ela se viu obrigada a recomeçar na vida de gueixa, dessa vez em Shinbashi.

Hanasuke foi a primeira pessoa com quem Komayo se aconselhou sobre a proposta de Yoshioka. Ela lhe dissera:

— Se há uma coisa que a vida me ensinou é que homem é um bicho: quando tudo está bem, está bem, mas se muda de ideia, não se importa nem um pouco com a gente, é capaz de qualquer maldade.

Komayo era mais ou menos da mesma opinião. Com o tempo, elas chegaram à conclusão de que o melhor a fazer era juntar uma poupança enquanto ainda eram jovens, de modo que pudessem viver sem depender de um homem, talvez abrir um pequeno negócio, e ter uma velhice tranquila.

Quando retornou a Tóquio, vinda de Akita, Komayo não tivera alternativa senão voltar a ser gueixa. No entanto, a experiência de seis, sete anos de casamento, isolada do mundo num lugar tão distante, havia modificado sua personalidade, e ela não era mais tão otimista quanto costumava ser. Ainda que tivesse a intenção de ganhar o máximo de dinheiro possível, não estava disposta a ceder, nem aos homens a quem servia, nem às patroas das casas de chá e nem às atendentes mandonas, que faziam de tudo para que ela aceitasse dormir com seus clientes. Até aquele momento, Yoshioka fora o único cliente com quem ela dormira. Para Hanasuke, porém, cada centavo que Komayo deixava de ganhar faria falta no futuro. "Se eu fosse bonita como você...", dizia ela, e suspirava, morta de inveja. Komayo, por sua vez, não tinha nem disposição nem coragem de reforçar o orçamento com esse tipo de trabalho. No entanto, naquela noite, parecia que tudo havia mudado.

Depois que Kikuchiyo saíra, às pressas, Komayo e Hanasuke tomaram um banho relaxante e se puseram diante das penteadeiras, as quais haviam movido para uma parte da sala onde não batia sol. Elas começaram a se maquiar junto à janelinha dos fundos, que dava para o varal, e Komayo perguntou:

— Hanasuke, você tem visto aquele senhor?

— Que senhor? — respondeu a outra, tentando a muito custo endireitar os cachos rebeldes.

— *Aquele*, que andava sempre com você logo que comecei a trabalhar aqui... Um que estava sempre no Chiyomoto...

— Aquele pessoal que andava com o senhor Sugishima?

— Isso, Sugishima, era esse o nome. Aquele pessoal faz o que da vida? São parlamentares?

Enquanto olhava concentrada para o espelho, Komayo se lembrou, do nada, desse homem, o tal Sugishima, que a chamara diversas vezes na época em que ela começou a trabalhar na Obanaya. Ele bem que tentara convencê-la a ser sua amante. Na pior das hipóteses, se Yoshioka a abandonasse, ela teria de arrumar outro que a sustentasse enquanto mantinha o caso com Segawa. Por esse motivo, revisava mentalmente a lista de potenciais benfeitores.

— Acho que ele é de Dalian, na China. Ou tem algum negócio no continente. Uma coisa assim.

— É mesmo? Então ele não mora aqui?

— Ele vem no Ano-Novo e no verão. Falando nisso, no verão passado ele não veio. Eu pedi que ele me trouxesse seda de Nanquim e um cetim. Sempre faço encomendas quando ele vem, porque o tecido que ele traz é barato e de boa qualidade.

— É? Puxa, eu devia ter encomendado alguma coisa, também. Mas não gosto muito dele; ele é meio grudento e vulgar.

— Ele era bem apaixonado por você. Me pedia para arrumar um encontro, para lhe transmitir recados... Era muito constrangedor.

— Eu tinha acabado de voltar a trabalhar, não sabia me portar direito. Eu nem sabia que era algo tão sério.

— Assim, só de olhar, ele parece mesmo um chato, mas dizem que é gentil e atencioso. Ele se envolveu com Choshichi, e, quando ela adoeceu, deixou que ela se mudasse para a sua casa de veraneio, e cuidou dela durante os três anos em que ela esteve doente.

— Ah, é? Se ele é capaz de uma coisa dessas... Eu queria um benfeitor que perdoasse os meus erros. Sabe, que cuidasse de mim, que tivesse paciência, que não se zangasse comigo... Já não me importa se bonito ou feio.

— Você não tem jeito mesmo, com um benfeitor lindo como Yoshioka, ainda reclama! O que você deixa para nós?

— Você acha Yoshioka tão bonito assim? Ele parece aquele homem da propaganda de remédio. Estou com ele porque temos um passado, mas não acho que ele seja lindo. E não me parece que vá durar muito.

— Mas por quê? Você arrumou outro?

— Não, não é isso. É que ele está sempre falando em pagar a minha dívida, e... — Komayo abaixou a cabeça, sem terminar a frase.

Na verdade, na noite anterior, ela se encontrara novamente com Isshi Segawa, no mesmo lugar de antes, e a conversa dessa vez tinha sido tão séria que ela sabia que não conseguiria esconder o caso com o ator por muito mais tempo. Se Yoshioka fosse um cliente comum, ela não teria dificuldade de manter tudo em segredo; mas, nesse caso, não dava para brincar: ela já o conhecia de outras épocas e sabia que ele era muito esperto. A decisão estava tomada. Primeiro, ela se aliaria a Hanasuke. Não queria estar à mercê dos clientes ou das outras gueixas, nem mesmo de Jukichi. Ninguém ia se colocar entre ela e o seu amor. Mas para isso era necessário algum planejamento, pois o futuro era incerto.

— Tenho que conversar com você sobre diversas coisas. Você tem algum compromisso agora à noite? A gente podia ir jantar na Ingoya, que tal? Estou metida numa situação complicada. Não sei mais o que fazer.

— É mesmo? Bem, eu não tenho nada hoje à noite...
— Que bom! Então vamos logo — disse Komayo, levantando-se de um salto. — Osada-saaaan! — gritou, chamando a recepcionista. — A gente vai sair um pouco, vamos à Ingoya. Lá pelas sete ou oito vão ligar daquele lugar onde eu estive ontem, a Casa Gishun. Acho que até lá já estaremos de volta, mas, se ligarem, a senhora pede para me avisarem, por favor?

As duas desceram a escada em polvorosa.

Enquanto desciam, passaram pelo velho Gozan, que subia com um regador para molhar as ipomeias azuis do telhado. A hora do banho era o momento em que os *shamisen* silenciavam. E assim era o anoitecer no bairro das gueixas: viam-se os *yukata* pendurados nos varais, ondulando ao vento, sentia-se o cheiro do carvão queimando e ouviam-se os telefones da vizinhança, tocando estridentes. Gozan levantou os olhos e admirou, muito acima das roupas no varal, as nuvens cirros, cujo desenho lembrava as escamas de um peixe, e os corvos, numerosos, atravessando o céu de volta à floresta de Ohamagoten.

8

Suplícios de travesseiro

Naquela noite, enquanto fumava um cigarro em casa após o jantar com Hanasuke na Ingoya, Komayo recebeu o telefonema que esperava, chamando-a para um encontro na Gishun. Chegando lá, mandou chamar Hanasuke e a apresentou a Segawa. Os três ficaram lá até depois das dez, rindo, conversando e se divertindo. Hanasuke teve de deixá-los porque foi chamada para outro compromisso. Komayo e Segawa foram para um quarto na parte de trás do prédio, onde pretendiam ficar só até a meia-noite. Mas o desejo que os jovens sentiam um pelo outro era tão forte, sua paixão tão nova, que não conseguiam se separar; e como por acaso Segawa não tinha ensaio pela manhã, eles decidiram passar a noite ali, felizes. No dia seguinte, após a sesta, tomaram banho para tirar o suor da noite e da manhã passadas juntos, e em seguida se puseram a beber saquê, mesmo com o estômago vazio.

— Komayo-san, telefone — avisou a criada, com uma voz contida, desconfortável por incomodá-los.

Komayo saiu para atender, mas antes perguntou de onde estavam ligando. Responderam que era de uma tal de Taigetsu.

Komayo pediu para avisarem que ela não podia atender. Subiu de volta ao quarto e se enroscou no colo de Segawa. No entanto, não demorou muito, voltaram a ligar, bem quando os dois dividiam uma sopa e uma truta grelhada no sal.

— Maninho, eu quero ir para bem longe daqui... — disse Komayo, mesmo sabendo que não havia jeito: aquele era o seu trabalho, e ela não poderia recusar os telefonemas para sempre.

A ligação era de Hanasuke:

— Tem um cliente aqui que faz questão de vê-la, nem que seja por alguns minutos. Por favor. Estamos esperando na Taigetsu.

Dessa vez, Komayo não recusou. Resignada, pediu a Segawa que esperasse por ela, disse que estaria de volta em no máximo uma hora e, a contragosto, mandou chamar um riquixá. Deu uma passada em casa, retocou a maquiagem, trocou o quimono e partiu para a Taigetsu.

No cômodo grande, de dez tatames, havia um só cliente e várias mulheres servindo. Duas gueixas estavam presentes: Jukichi, a patroa de Komayo, e Fusahachi, uma gueixa um pouco mais nova. Havia também algumas gueixas jovens, de vinte e dois ou vinte e três anos, como Hanasuke, Ineka, Hagiha, Kineko e Oboro, entre outras, além de duas aprendizes. "Com esse monte de gente, acho que consigo ir embora logo sem muita complicação", pensou Komayo, aliviada. "Mas com a patroa aqui, vai ser difícil sair sem ser notada. Parecerá desfeita", lembrou-se em seguida. Para sua alegria, porém, Jukichi logo anunciou que ia partir, pois tinha outro compromisso.

O cliente era um homem grande, de cerca de cinquenta anos, muito moreno, gordo e redondo, como o monstro Umibozu.[30] Tinha despido o *haori* e vestia um quimono azul-escuro de linho com estampas e um *obi* engomado. No dedo mínimo, trazia um anel de sinete, o que levava a crer que trabalhava com investimentos ou ações. Estava flanqueado por Fusahachi e Hanasuke, que se revezavam repondo cerveja em seu copo. Não dizia nada, apenas ria. Ouvia com interesse as gueixas mais novas e atraentes, como Kineko, Hagiha e Ineka, que falavam sem cerimônias de suas histórias com homens, e as aprendizes, que discutiam com entusiasmo qual era o melhor ator mirim da nova safra.

Komayo esperou um pouco, para não dar na vista, e se levantou para ir embora. Já estava se dirigindo à recepção quando notou que Hanasuke também se levantara e fora atrás dela.

— Komayo, posso falar um pouquinho com você? — e, num tom de voz mais baixo: — Você está ocupada hoje à noite?

Komayo olhou para o rosto da colega tentando descobrir do que se tratava. Hanasuke chegou mais perto e disse:

— Ontem fui à Gishun para atender um cliente, esse homem que está aí. Ele insistiu que eu a chamasse, mas eu sabia que você estava com Segawa, e além disso já estava tarde, então desconversei e ficou por isso mesmo. Mas hoje ele me chamou e insistiu de novo que eu lhe pedisse para vir. É um antiquário importante de Yokohama, tinha uma

---

30. Monstro marinho gigante, de corpo arredondado e escuro, que, acredita-se, provoca naufrágios em alto-mar.

loja em Nihonbashi, muito tempo atrás. Me lembro dele dessa época, quando eu estava na Yoshicho. De vez em quando, desde que vim para cá, ele me chama, mas parece que ainda não tem gueixa fixa.

Aos poucos, Hanasuke foi levando Komayo em direção ao fim do corredor, onde convenientemente havia um cômodo vazio. Ela parecia decidida a conseguir uma resposta ali, naquele momento. Komayo não se sentia obrigada a aceitar uma proposta de um cliente que nunca vira antes, mas ao mesmo tempo não ficava bem dizer a Hanasuke que não tinha interesse. Na noite anterior, enquanto comiam um bife na Ingoya, Komayo abrira seu coração e suplicara a ajuda de Hanasuke. Agora, por mais que quisesse voltar logo para Segawa, não podia agir como se tudo o que dissera antes não tivesse valor algum. Ficou ali, paralisada, muda, sem saber o que fazer.

— Komayo, com esse senhor você não teria de se preocupar em esconder seu caso com Segawa, porque, mesmo se ele descobrisse, tenho certeza de que não se importaria. Já até o ouvi dizer, mais de uma vez, que não tem graça possuir uma gueixa fixa se ela não sai com uns atores de vez em quando. Ele é muito exibido e extravagante, bem melhor do que um político sem importância ou um aristocrata. Fiquei com medo de que alguém aproveitasse a oportunidade primeiro, então, mesmo sem consultá-la, ontem à noite falei tudo para ele, e pedi que tomasse conta de você.

— O quê?

Komayo ficou apavorada, a cara vermelha, prestes a chorar. Por sorte, ela estava na contraluz, na porta do corredor, e Hanasuke não tinha como ver seu rosto. A colega sempre fora assim, ansiosa, apressada, querendo agradar todo mundo, e vivia tomando iniciativas precipitadas. Talvez Hanasuke não tivesse notado o susto em sua voz — talvez pensasse que a surpresa lhe era agradável, ou que a hesitação se devia ao fato de que naquela noite Segawa estava esperando por ela. Afinal, Hanasuke também era mulher, e era capaz de compreender esse tipo de sentimento. No entanto, para ela, esse tipo de contratempo era inevitável na profissão. Por sua vez, Hanasuke achava que esse tipo de coisa fazia parte da carreira e que uma das virtudes das mulheres da vida está na convicção de que, no momento certo, submeter-se ao inevitável pode render frutos e dividendos. Se ela conseguisse, custasse o que custasse, convencer Komayo a ficar com o antiquário naquela noite, uma porcentagem da gorjeta iria para ela, e não para a casa de chá. Se fossem cinquenta ienes, ela ficaria com vinte; se fossem cem, com cinquenta. Para Hanasuke, que era feia e humilde, era um dinheirinho considerável. Gananciosa, carregava sempre consigo a caderneta de poupança. Ela sabia que, se deixasse Komayo pensar, talvez não alcançasse o seu objetivo, e por isso a pressionava tanto por uma resposta. Assim, antes que Komayo dissesse mais alguma coisa, se adiantou:

— Então está decidido. Tomara que dê tudo certo.

Hanasuke abandonou rapidamente a sala vazia em direção à escada, de maneira que Komayo não teve nem tempo de dizer "Ei, espere aí!". Parecia que seu coração ia sair pela boca. Sentiu-se tonta. "Mas de nada adianta ficar aqui parada neste lugar deserto", pensou, e, ao ouvir passos no corredor (uma criada?), decidiu voltar à festa. Ao entrar no cômodo onde estavam os convivas, viu que Fusahachi já havia ido embora. As outras também começavam a partir, uma a uma: Ineka, Oboro, Kineko, Hagiha... No final, restaram só ela, uma aprendiz chamada Tobimaru e o cliente que parecia o monstro do mar, silencioso e plácido como antes. Uma criada abanava as suas costas com um leque.[31]

Tudo se passara tão rápido! Komayo se sentia desgostosa, com vontade de cair em prantos. Não conseguia nem abrir a boca para protestar. Não havia saída, e decidiu aguentar firme a bebida amarga que a vida lhe servia.

A Casa Taigetsu tinha uma sede campestre em Morigasaki, a Sanshun'en. Dentre as casas de chá de Shinbashi, seu jardim era considerado o mais belo: tinha um lago de concreto coberto por pedras que refletia a luz das lanternas. Passando o jardim, atrás de uma cerca-viva, encontrava-se uma outra construção, que abrigava uma sala de tatames. Calçando *geta*, Komayo e o cliente foram conduzidos até esse aposento.

Ao abrir a porta de correr, encontraram um quarto de três tatames, que se comunicava com o banheiro pelo alpendre. Havia um fogareiro de madeira de paulóvnia, uma penteadeira de amoreira e um cabide laqueado, para os quimonos. Tudo fora arrumado de maneira que não houvesse necessidade de uma criada. Mais adiante, depois de uma porta de vime, iluminado apenas por uma lanterna de seda, havia ainda o quarto principal de seis tatames. Um mosquiteiro de tecido fino, tingido de azul-claro na barra, dava uma sensação refrescante. A colcha que cobria o leito tinha desenhos de crisântemos, e uma dobra em um dos cantos

---

31. Na edição de 1918, o capítulo terminava aqui.

revelava um lençol com estampa de belas flores amarelas e um travesseiro comprido, com borlas de vermelho-vivo. À frente do futon, estava a caixa com os apetrechos para o fumo, com as bordas arredondadas no estilo Rikyu, e, ao lado, uma moringa e copos para água. Um sininho pendurado no alpendre tilintava ao sopro da brisa.

A agradável noite de outono trazia um sentimento de tranquilidade. O monstro marinho tinha os olhos nebulosos de bebida, e observava em silêncio, sem se mover, ora a gueixa taciturna, sentada de costas para a lanterna, ora o leito, que parecia chamá-lo. Era como se estivesse diante de uma mesa cheia de iguarias da montanha e dos oceanos, estudando com cuidado e sem pressa com qual guloseima iria estrear os hashis. Seu rosto dava a entender que, quando chegasse o momento, seria capaz de devorar até o último tutano do último osso daquele banquete. Komayo procurava não encarar seu olhar, capaz de perfurar superfícies, mas sabia que dali não havia volta. Desde que não precisasse temer por sua vida, estava decidida a enfrentar o que fosse, de olhos fechados, rezando para que tudo acabasse o mais rápido possível. Só conseguia pensar em Segawa, esperando por ela na Gishun. Como poderia escapar dali e ir logo encontrá-lo? Sem conseguir conter a impaciência, aproximou-se do monstro e disse:

— O senhor não quer...

O monstro respondeu com um grunhido, típico dos homens gordos e ricos, e tossiu em seco. Depois, sem dizer nada, agarrou-a pela cintura, ainda vestida, e a puxou para o seu colo, apertando-a com força. Ela deu um gemido abafado e fechou os olhos, sentindo o mau hálito do homem em seu rosto. Trincou os dentes e, liberando os braços com algum esforço, cobriu a face.

Os momentos felizes passam como um sonho fugaz; mas quando se está sofrendo, um momento fugaz pode parecer cem anos. Ao sair do quarto, Komayo olhou o jardim ao redor antes de se dirigir à recepção e pedir que lhe chamassem uma condução. Ali estava Hanasuke, fumando um cigarro e olhando para o nada, talvez também à espera de um riquixá. Komayo então se deu conta de aquilo que parecera uma eternidade provavelmente não passara de alguns minutos. Ao ver Hanasuke, sentiu-se arrependida e envergonhada, e, se não estivessem na recepção de uma casa de chá, Komayo teria pulado em seu pescoço e enfiado as unhas em sua cara. Hanasuke, por sua vez, comportava-se como se nada tivesse acontecido.

— Osada passou por aqui. Disse que é para você voltar para a Obanaya, e que iria ligar depois de novo.

— Ah, é?

Komayo decidiu ligar ela mesma para a Obanaya e pedir que lhe enviassem um riquixá. No entanto, Osada lhe disse ao telefone que Yoshioka estava esperando por ela na Hamazaki, e que ela devia ir para lá assim que pudesse. "Por que será que tudo está dando errado esta noite?", pensou. "Se eu soubesse o que iria acontecer, teria mandado o maninho de volta para casa pela manhã." No entanto, agora não havia mais nada a ser feito. Se fosse outro cliente, ela teria recusado, mas, sendo Yoshioka, o seu benfeitor, e ainda por cima chamando pela primeira vez desde a estadia na Sanshun'en, ela tinha de atender, mesmo sabendo que não poderia sair da Hamazaki até ele ir embora. Segawa possivelmente se enfureceria se ela não aparecesse — quem sabe, por despeito, mandaria inclusive vir outra gueixa. "Ah, que tortura!", pensou. Ainda assim, controlou seus sentimentos e seguiu em direção à Hamazaki.

Já passava das nove da noite. Yoshioka sempre voltava para casa de automóvel às onze. Sabendo que ele não podia ficar mais muito tempo, a criada deixou que Komayo fosse imediatamente ao quarto onde ele estava. Por um lado, Komayo se sentiu aliviada ao pensar que não precisaria se estender muito ali; por outro, era doloroso imaginar que o *obi* que ela acabara de refazer teria de ser desamarrado de novo. Ao ver o leito já pronto sobre o tatame, não conseguiu conter um fundo suspiro. Passara a noite anterior com Segawa, num turbilhão de prazer que a deixara exausta como um trapo. Depois, fora vítima do ataque do monstro marinho, tão brutal que chegou a temer que ele a machucasse. Durante todo esse tempo, só tivera um curto momento de descanso, no percurso do riquixá até ali. Só conseguira acalmar a respiração agora, e já se anunciava o próximo número, dessa vez com seu benfeitor.

Ela sabia exatamente tudo o que ele faria. Já o achava exigente demais em um dia normal; no estado de cansaço em que se encontrava, então, quase não tinha forças para pensar no que ia acontecer. Não seria como o ataque que sofrera na Taigetsu — agora ela podia prever que por uma hora e meia, até as onze da noite, ele a possuiria intensamente, sem lhe dar sequer pausa para um cigarro. Tampouco era o caso de se deitar de modo indiferente a ele e deixá-lo fazer o que quisesse: Yoshioka se achava único, como se dar prazer a Komayo fizesse parte de suas obrigações, dada a impossibilidade de vê-la todos os dias. Enquanto estavam separados, ele queria que a gueixa pensasse o tempo todo nele com desejo, ao qual procurava satisfazer com uma série de técnicas eróticas que ela considerava indecentes. Mas, sendo gueixa havia tanto tempo, ela sabia que tinha de suportar tudo calada, mesmo se às vezes sentisse repulsa pelo que ele fazia com ela.

Por outro lado, sendo uma mulher de carne e osso, ela também sentia prazer com ele, e não queria que ele pensasse que estava fingindo. Se a sua atitude mudasse de uma hora para outra, ele poderia acabar descobrindo o seu caso com Segawa, o que o deixaria furioso, pois era muito sensível a esse tipo de coisa. Assim, por receio de levantar suspeitas, fez um esforço para tomar a iniciativa e parecer interessada. Além do mais, essa era a primeira vez que se viam desde a malfadada estadia na Sanshun'en, quando ele se propusera a pagar a sua dívida e ela não lhe dera resposta. Komayo precisava se mostrar ardente, de maneira a apaziguar as dúvidas e demonstrar sua lealdade. Mas, ao mesmo tempo, sentia-se cada vez mais acuada e triste. Queria cair de joelhos e suplicar que ele a deixasse em paz, só aquela noite. Sabia que Yoshioka tomaria o seu corpo e, ignorante do que se passara até então, usaria de toda a sua habilidade e deliberação até conseguir o que desejava. Era um homem de longa experiência com mulheres de todas as idades, de quinze a quarenta anos, e sua diversão consistia em experimentar coisas novas com seus corpos até achar algo que as satisfizesse, como se sua honra dependesse disso.

Quando ela finalmente conseguiu saciá-lo, por volta das onze horas, não tinha mais fôlego nem forças para se levantar da cama. Yoshioka, que estava visivelmente alegre em vê-la assim, acabada, mandou vir o automóvel e desapareceu na escuridão. Ela quase não conseguiu ir até a porta para se despedir.

De volta à recepção da Hamazaki, Komayo já não tinha mais vontade de ir à Gishun para ver Segawa. O que queria era ir, assim mesmo como estava, a algum lugar deserto, uma casa desabitada, um campo ermo, se jogar no chão e se esquecer de tudo. Embora não se sentisse tão desamparada com Segawa, o que iria fazer diante dele depois de já ter sido usada por dois homens naquela mesma noite? Acabaria lhe contando a história inteira, protestando sua inocência: tudo o que fizera fora por profissionalismo. Ainda assim, escondeu-se da luz, evitando que vissem seu rosto. Naquele momento, pensou que, se fosse retocar a maquiagem ao espelho, nem todo o pó de arroz do mundo seria suficiente para esconder sua imundície; ela poderia passar o resto da vida se penteando, e o seu cabelo só ficaria mais embaraçado.

Estava assim distraída quando ouviu alguém chamá-la do portão:

— Komayo-san! Vim buscá-la! — era o homem do riquixá.

— Então vamos! — disse, já subindo.

— Para onde, senhorita?

— Para a Casa Gishun... — surpreendeu-se respondendo, e antes que pudesse mudar de ideia, o homem já dera a partida. Komayo agarrou com força o patuá que trazia no *obi* e rezou pelo perdão de Segawa. Ele tinha de perdoá-la. Tudo o que ela fizera fora para ficar com ele.

Ao chegar à Gishun, encontrou Segawa dormindo sozinho. Não era de se espantar, devia estar cansado. Ele dormia de um lado do futon, deixando a outra metade vazia, com um travesseiro extra, como se estivesse esperando por ela. Seu braço, estendido, parecia convidá-la a se deitar. Ela se sentiu a um só tempo enternecida pelo gesto e totalmente exausta. Com um suspiro, expressou o que sofrera nas mãos do monstro do mar e de Yoshioka, e, em uma espécie de vingança, atirou-se sobre Segawa, agarrando-o com força, como se fosse ela o homem. Ele acordou, assustado, e a encontrou chorando e soluçando, a cabeça apertada contra a sua.

9

Gueixas em revista

Duas vezes ao ano, na primavera e no outono, as gueixas de Shinbashi se apresentavam por três dias no Kabukiza. Aquele era o primeiro dia da apresentação de outono, e o número de abertura, uma espetacular "dança geral", com todas as participantes, acabara de terminar.

— Não lhe disse? Que bom que viemos mais cedo. Só há mais um número antes de *O Lago de Otama*! — comentou uma senhora, entregando o folheto a Nanso e servindo um chá.

Ela usava o cabelo em *marumage*, o penteado das damas casadas, e devia ter uns trinta e três, trinta e quatro anos. Tudo indicava que fosse a esposa de Nanso Kurayama, sentado a seu lado. Do outro lado, estavam uma menina de onze, doze anos, com olhos grandes, muito bonita, que devia ser sua filha, e uma senhora de uns cinquenta anos, também com um penteado *marumage*, vestindo um *haori* com o brasão do conservatório Uji, o que sugeria que fosse professora de música ou de dança. Os quatro ocupavam um camarote um pouco à direita do palco.

— Obrigada, não precisava se incomodar — agradeceu a professora ao receber sua taça. — Já se vão dez anos desde que apresentaram essa sua composição para *joruri* pela primeira vez, não é mesmo, Kurayama-san? Foi Segawa pai que apresentou?

— É, isso mesmo. De uns tempos para cá, não sei o que deu nas pessoas, a toda hora desenterram alguns dos meus *kyogen* e *joruri* de outras eras. Fico pasmo, morro de vergonha.

— Esse meu marido... Sempre fica de mau humor quando apresentam alguma peça sua. Se fosse para ficar assim, era melhor nem ter escrito, não é? — e, enquanto ria, cortou um pedaço de *yokan*[32] para a filha.

Nanso concordou, rindo, enquanto consultava o programa.

O terceiro número era uma composição sua para *joruri*, *Relato do que aconteceu no Lago de Otama*, apresentada pelo grupo Tokiwazu. No programa, havia ainda o nome de três gueixas, que dançariam junto ao grupo. Mas Nanso logo perdeu o interesse pela apresentação e preferiu ficar observando as pessoas que passavam. Havia muitos retardatários, gente que ia e vinha, e ainda os que se levantavam para falar com conhecidos. A multidão lotava os corredores entre as duas passarelas que saíam do palco.[33]

Nanso Kurayama se interessava mais em olhar as pessoas no teatro do que em assistir a uma antiga composição sua,

---

32. Doce à base de ágar-ágar, açúcar e pasta de feijão.
33. O palco de kabuki pode ser montado com passarelas (*hanamichi*) que saem do tablado principal e atravessam a plateia, por onde os atores podem fazer uma entrada ou saída dramática ou simplesmente desfilar, em momentos-chave do enredo.

fosse para *kyogen* ou para *joruri*. Gostava de observar as roupas, os penteados, os estilos da moda. Sempre que o convidavam a ir ao teatro, fosse na qualidade de crítico ou de autor da peça, fazia questão de comparecer, não importando se a apresentação se dava, como naquele dia, em um luxuoso teatro com palco de *hinoki*[34] ou em um pequeno e desconhecido. No entanto, não se envolvia mais nas acaloradas discussões sobre as artes dramáticas, como fazia dez anos antes. Mesmo quando a peça era ruim, sempre procurava inserir uma palavra de elogio em suas críticas — ainda que algumas vezes o tiro saísse pela culatra e os leitores percebessem sua ironia. Os habitués das casas de espetáculo apreciavam esses momentos de sarcasmo, e as críticas de Nanso, ainda que ele mesmo não as considerasse de importância, tinham um alcance que ele mesmo nem desconfiava.

Antigamente, ele fora um devotado espectador, e procurara escrever peças novas para kabuki respeitando o estilo tradicional. No entanto, com o passar dos anos, os gostos do público mudaram: havia novas modas, novos estilos — a maioria em discordância com aquilo que ele imaginava para o teatro. Mas Nanso acreditava também que a mudança era algo natural, e que de nada adiantava se rebelar contra o novo; assim, preferiu simplesmente se afastar do teatro. Porém, há algum tempo, ele não sabia por que, haviam voltado a apresentar algumas de suas peças uma ou duas vezes ao ano. No início, isso o deixou confuso; depois, passou a

---

34. Tipo de cipreste, parente do cedro, que dá uma madeira clara, considerada de alta qualidade. Antigamente, apenas os teatros mais ricos podiam arcar com o custo de um palco de *hinoki*, daí a expressão ser utilizada para significar "as melhores casas de espetáculo".

sentir uma satisfação secreta ao pensar que finalmente as pessoas começavam a abrir os olhos para o seu talento. Mas, no fim, compreendeu que o público gostava de qualquer coisa, sem distinguir o bom do ruim, o novo do velho, consumindo tudo o que lhe vinha à frente, e passou a acreditar que a sua volta às graças do público era produto de uma casualidade. Agora, quando ia assistir a uma peça sua, deixava-se simplesmente levar pela nostalgia do passado, e era invadido por sentimentos que iam da melancolia à alegria. Não era mais prisioneiro das ambições do mundo do teatro. Sentia mais prazer em reviver memórias nebulosas do que em perseguir novas empreitadas no presente.

— Okine-san — disse Nanso, dirigindo-se à professora de Uji. — Aquela ali, no segundo camarote à direita, não é a professora Oman, da escola Ogie de *shamisen*? Como envelheceu!

— Será que é ela? — replicou a professora e, voltando-se à esposa de Nanso: — Por gentileza, será que eu poderia usar o seu binóculo um pouquinho? Ah! É ela mesma! Está irreconhecível. E aquela ali, à sua frente, é a patroa da Taigetsu...

— Ela não era tão gorda assim quando costumava sair com meu pai. Mas o dinheiro engorda as pessoas. Ela está parecendo um lutador de sumô.

Nanso observou que quatro ou cinco gueixas estavam cumprimentando uma patroa importante, a quem os artistas também faziam reverências ao passarem. Ele ficava fascinado com a imensa quantidade de sushi e de frutas que as pessoas levavam de presente aos camarotes das gueixas mais velhas — esse espetáculo era até mais divertido do que aquele que se passava no palco. E naquela noite a plateia era diferente: todos os camarotes, à direita e à esquerda, estavam repletos de gueixas e patroas de casas de chá. A maioria era dali, mesmo; mas havia também mulheres de outras partes da cidade, que vieram em respeito a suas colegas de Shinbashi. Havia também atores, esposas de atores, professoras de diferentes escolas de música, lutadores de sumô, comediantes e bajuladores. No meio da turba, alguns cavalheiros, ricos e poderosos, benfeitores de gueixas, atraíam atenção e admiração. Estavam presentes também homens de um outro tipo: os parasitas do mundo flutuante, vestidos com quimonos de sarja ou em trajes ocidentais. Viam-se ainda, lá atrás, nos assentos mais baratos, os donos de casas de gueixas, as criadas, os parentes e agregados.

Nanso se levantou e foi sozinho caminhar pelos corredores, para espiar melhor a multidão. De repente, ouviu uma voz alegre chamar:

— Sensei, que bom que o senhor veio! — era Komayo, da Obanaya. Vestia um quimono com desenhos nas mangas e na barra, e estava com o cabelo preso dentro de uma touca, sobre a qual mais tarde seria colocada a peruca da apresentação.

— Olá! O que você vai apresentar?
— Vou dançar o *Yasuna*.[35]
— Logo mais?

---

35. Um bailado de kabuki. Yasuna enlouquece depois que sua amada, Sakaki no Mae, é levada ao suicídio pela madrasta. Vestindo o quimono de Sakaki no Mae e uma faixa lilás na cabeça (simbolizando a perda da razão), ele anda sem rumo pelos campos cobertos de orvalho, e, em sua loucura, acredita ter visto a amada, compreendendo em seguida que fora só uma ilusão.

— Ih, ainda não. Acho que sou a quinta.
— Bem posicionada. Não é nem no início nem no fim. Justamente quando a plateia já está mais animada.
— Ai! Assim o senhor me deixa mais nervosa.
— E Gozan, ele vai bem?
— Sim, senhor, obrigada por perguntar. Já deve estar chegando. Ele me disse que vinha com Jukichi, a esposa.

Uma gueixa, que tinha na cabeça o mesmo tipo de touca que Komayo, passou por eles e, ao vê-la, disse:

— Komayo-san, a professora estava procurando por você.

— Ah, é? Então, sensei, tenho de me despedir do senhor. Depois nos vemos? Espero que o senhor goste do espetáculo.

E, assim, Komayo se despediu de Nanso e foi correndo à procura da professora. Em seguida, ouviram-se as batidas dos tacos de madeira que anunciavam o reinício do espetáculo. O empurra-empurra se intensificou. Mesmo no meio da confusão, todos, homens e mulheres, ao avistarem Komayo com a touca na cabeça, voltaram-se para vê-la passar. Ela se sentia ao mesmo tempo embaraçada e orgulhosa. Na época da apresentação anterior, na primavera, ela acabara de voltar a Shinbashi e não tinha ninguém que a patrocinasse. Por indicação da professora de dança, aceitara um papel secundário no número de uma outra gueixa, que apresentou *A domadora de macacos*. Mas o número foi um sucesso, e em pouco tempo ela já recebera muitos convites para dançar em festas e eventos. Komayo ficou mais confiante depois dessa apresentação, e decidiu que, no outono, iria impressionar todos com um número ainda mais marcante. Dinheiro não era mais problema: Yoshioka e o monstro marinho (cuja ajuda ela mantinha em segredo) tinham se prontificado a patrocinar. Somava-se a isso a contribuição artística de Segawa, que lhe ensinara técnicas e truques de teatro e ainda lhe emprestara seus aprendizes para a ajudarem no dia da apresentação. Komayo já se sentia como uma dançarina famosa. Se o seu número fizesse mais sucesso do que o anterior, ela seria automaticamente elevada ao posto de melhor dançarina de Shinbashi, assegurando assim o status de gueixa de primeiro escalão. Rezando para que tudo desse certo, não conseguia controlar os nervos.

Ao final do corredor, havia uma porta para os camarins. O de Segawa, que ele lhe emprestara para o dia do espetáculo, ficava no segundo andar. Ela passara os últimos três dias feliz da vida, usando o camarim de Segawa, maquiando-se na penteadeira de Segawa, sendo auxiliada por seus criados e discípulos. Quando chegou, ele já estava lá, esperando por ela. Tirava o casaco de sarja fina quando a viu entrar, esbaforida.

— Que bonito! Passou o dia inteiro me apressando ao telefone, e chega para se arrumar a essa hora?

— Desculpe! — respondeu ela, sentando-se junto a ele, a despeito da presença de seus discípulos. — Estava lá na frente, cumprimentando os convidados. Maninho, muito obrigada pela ajuda! Não sei nem como agradecer.

— Sei. Dispenso essas enrolações. Ainda falta muito para a sua vez?

— Sim.

— E lá na frente, quem você viu?

— Ah, está todo mundo aí. O seu Fulano, o seu Sicrano... — disse dois nomes de atores famosos.

— É mesmo?

— *Todos* muito bem acompanhados, sim senhor — a frase saíra enfática, sem querer. — Me deu uma pontinha de inveja — completou, rindo.

Nesse instante, entrou o cabeleireiro com a peruca.

10

O nicho da codorna

Yoshioka, acompanhado por Eda, foi se sentar em um camarote à direita, pouco antes de Komayo entrar em cena. Junto com eles estava a patroa da Hamazaki. Da Obanaya, vieram Hanasuke e a aprendiz Hanako. Na verdade, quando, no verão, Komayo recusara a oferta de Yoshioka, ele ficara furioso, e pensou em dispensá-la. No entanto, ainda não encontrara uma gueixa de que gostasse o bastante para substituí-la e, mesmo descontente, não sabia muito bem como pôr fim ao relacionamento. Na tentativa de desculpar Komayo e de aplacar a raiva do homem, a patroa da Hamazaki, especialista nesses assuntos graças à sua longa experiência, conversou com ele muitas vezes, e, no fim, Yoshioka continuou a ser o benfeitor de Komayo nos mesmos termos de antes, ainda que não a procurasse mais com a mesma assiduidade. Suas visitas agora eram espaçadas, de dez em dez dias, ou mais. Ia apenas beber saquê e sempre trazia Eda consigo — como se fosse possível, com essa formalidade, manter as aparências e evitar a desmoralização. Ignorava por completo tanto o caso de Komayo com Segawa como a entrada do novo benfeitor. Agora, depois de tantos anos, pensava que talvez estivesse farto de andar com gueixas. Desde o fatídico dia em que voltara da Sanshun'en, procurava levar uma vida calma e sem incidentes. Ia direto da firma para casa e passou a dormir cedo. Nos domingos e dias de folga, fazia passeios extremamente comportados, levando a esposa e os filhos ao zoológico ou a outros lugares desse tipo. A nova vida não lhe causava tristeza ou tédio; tampouco lhe parecia divertida ou interessante. Tinha a impressão de viver um dia após o outro sem grandes emoções, desligado de tudo.

Havia muito tempo não ia ao teatro. Acomodado no nicho da codorna[36] em meio a uma multidão repleta de beldades, era como se despertasse de um sono. Queria voltar a experimentar os encantos que a vida oferecia. A vontade irresistível que sentia de ir atrás dos prazeres da carne e do álcool era a versão civilizada da vontade do homem primitivo de ir a cavalo atrás da caça, de matar e comer carne crua; era semelhante à luxúria que movera ao combate sangrento os samurais da Idade Média em suas suntuosas armaduras. Essas pulsões eram diferentes facetas de uma força sombria e inesgotável: o desejo. A sociedade moderna canalizara essa força para a busca do prazer sexual, ou ainda para a competitividade no mundo dos negócios. "Há três preocupações centrais na vida do homem moderno:

---

36. Nicho da codorna (*uzura sajiki*): no teatro tradicional japonês, fileira de camarotes que ficam atrás das frisas e abaixo do primeiro balcão, um nível acima da plateia baixa. A expressão se deve ao fato de que tais camarotes parecem os nichos onde as gaiolas das codornas são colocadas nos criadouros.

a glória, a fortuna e a mulher. Aqueles que as ignoram ou desprezam, ou ainda os que as temem, nada mais são do que covardes que fogem à luta ou perdedores já fracassados", refletiu Yoshioka, enquanto observava a multidão do nível abaixo do seu. Concluiu que sua ida ao teatro lhe restabelecera a vitalidade e o desejo. "Afinal de contas, ainda sou jovem, ainda posso ir atrás do que eu quero." Essa súbita tomada de consciência lhe trouxe uma profunda satisfação por estar vivo.

Ouviram-se novamente os tacos que anunciavam o próximo número. Era a vez de Komayo. As vozes dos cantores da trupe Kiyomoto deram início à narração. Alguns espectadores aplaudiam. Três aprendizes de gueixa passaram apressadas pelo corredor de trás do camarote de Yoshioka, de volta aos seus lugares.

— É *Yasuna*! Vamos logo!

— É *Yasuna*, com Komayo! Vai ser lindo!

— Sem dúvida! Com toda a ajuda que ela recebeu de Segawa-san...

— Dizem que está firme a coisa, né?

No meio do burburinho, a conversa chegou clara e direta aos ouvidos de Yoshioka. Como que por impulso, ele se virou na direção de onde vinham as vozes, mas as meninas já se misturavam na multidão, deixando que se entrevissem apenas as cores de seus *obi* e das mangas de seus quimonos. Era impossível determinar a que casa pertenceriam.

No entanto, bastou uma frase — a última que Yoshioka ouviu, "Dizem que está firme a coisa, né?" — para que ele tivesse certeza de que era tudo verdade, e de que não se tratava de um mero boato. Se as palavras tivessem sido ditas na sua frente, de propósito, restaria espaço para a dúvida; mas, saídas da boca de uma inocente aprendiz, que nem sabia que ele existia, só podiam ser verdadeiras. Para usar uma expressão pedante, esse era um caso exemplar de que "o céu não tem boca, mas fala através das pessoas". Yoshioka buscou relembrar em detalhes as atitudes e os comportamentos de Komayo, desde a fatídica noite na Sanshun'en. "E Eda, que esteve esse tempo todo nos acompanhando, será que já sabia de alguma coisa? E por que não disse nada? Teve pena de mim?" Yoshioka teria preferido ser o primeiro a saber. Não queria passar por bobo ou desligado: isso seria péssimo para a sua imagem no bairro das gueixas. A vergonha que sentia naquele momento só não era maior do que a raiva que tinha de Komayo.

No palco, do lado direito, os cantores de *joruri*, sentados em uma plataforma, entoavam o prólogo de *Yasuna*:

岩せく水と我が胸と / 砕けて落る泪には / かたしくそでの片おもひ

iwa seku mizu to waga mune to / kudakete otsuru namida ni wa / katashiku sode no kata omoi

> Como ondas que açoitam a rocha
> Em meu peito caem as lágrimas
> Do amor infeliz e do abandono

Ao fim do prólogo fez-se um silêncio, seguido pela batida ritmada de um pequeno tambor, criando a atmosfera para a entrada do personagem principal. A aparição se deu do lado oposto do palco, na parte de trás da plateia, de onde emergiu Komayo, vestida como Yasuna, o homem louco de amor, andando por entre a relva coberta de orvalho com o quimono da mulher amada. Todos os olhos se fixaram na gueixa. Do fundo do teatro, a dançarina atravessou a plateia pela passarela — o "caminho da flor" — em direção ao palco principal. Acima, no balcão, algumas pessoas a aplaudiam.

A visão de Komayo no papel de Yasuna era insuportável para Yoshioka. Ele se virou e olhou para o teto. Recapitulou as desculpas que Komayo dera para recusar que ele pagasse sua dívida. Era uma tarefa desagradável, porém necessária. Até então, a atitude da gueixa lhe fora incompreensível; de repente, tudo começava a fazer sentido. Ele precisava se livrar dela, mas queria também se vingar. Fingiria não saber de nada e arrumaria uma nova gueixa. De nada adiantaria voltar para Rikiji; ele queria encontrar, dentre as inúmeras gueixas de Shinbashi, aquela cujo sucesso fosse doloroso para Komayo. Esquadrinhou a plateia: olhou para todos os nichos de codorna; observou as gueixas que assistiam de pé nas galerias. Todos os olhares estavam fixos no Yasuna de Komayo, que nesse instante começava a procurar, desesperado, por sua amada. Então, a porta do camarote se abriu e ele ouviu uma voz sussurrar:

— Desculpe o atraso!

Era Kikuchiyo, da Obanaya — aquela que, segundo as más línguas, usava tanta maquiagem que parecia uma *oiran*.

Ela aparecera no segundo número, *Kairaishi*[37], em um papel coadjuvante, e ainda estava com o penteado em um coque alto e o quimono bordado de fios de ouro da apresentação. Havia se besuntado com tanta maquiagem que Yoshioka, ao vê-la entrar no camarote com o pescoço esticado e o rosto brilhoso sob a luz das lanternas, lembrou-se daquelas imagens de célebres cortesãs, em seda acolchoada, que decoram as raquetes de *hanetsuki*.[38]

As gueixas[39] não a achavam bonita, mas o olho masculino era capaz de enxergar seu corpo sensual e macio. A carne era abundante, como sua maquiagem, e convidava ao toque. Não era tão refinada como algumas de suas colegas, mas suas maneiras um pouco cruas tinham seu charme particular.

Quando Kikuchiyo chegou, já havia quatro pessoas no camarote, e ela foi obrigada a se sentar no meio, encostada em Yoshioka.[40] A gola de seu quimono, puxada para trás, deixava à vista seu voluptuoso pescoço, sua nuca alvíssima. O homem desceu o olhar e viu, sob o quimono de baixo, a ponta da faixa do peito de Kikuchiyo, feita de seda *shioze* branca. Quase conseguia sentir o cheiro inebriante do corpo nu da mulher.

---

37. Bailado de kabuki sobre um bonequeiro ambulante.
38. Jogo semelhante ao de peteca, em que se usa uma raquete especial (*hagoita*). Não é mais tão popular, mas as raquetes decoradas com motivos de gueixas e guerreiros, feitas em laca ou seda acolchoada (*oshie*), são um objeto decorativo muito apreciado.
39. Este parágrafo e o próximo não constam da edição de 1918.
40. O camarote não tem cadeiras, de modo que estão todos sentados no tatame. Yoshioka está em posição *agura* (com as canelas cruzadas à frente do corpo) e as mulheres estão sentadas em *seiza* (coluna ereta, joelhos juntos no chão, pernas dobradas para trás, o peso do corpo apoiado sobre os calcanhares).

Yoshioka se lembrou de que Komayo e Kikuchiyo tinham uma rivalidade latente, que às vezes se manifestava por coisas insignificantes. A apresentação de Komayo, por exemplo, era de um número da escola Kiyomoto, frequentada por Kikuchiyo. Era de se esperar que ela convidasse a colega, da mesma casa, para se apresentar a seu lado, mas, obcecada pelo sucesso, Komayo decidira contratar músicos profissionais indicados por Isshi Segawa, pagando somas astronômicas pelos seus serviços. Não que achasse Kikuchiyo uma artista sem talento; mas, com esse número, Komayo queria chamar a atenção de todos e passar a ser considerada a melhor dançarina de Shinbashi. A ambição a consumia de tal maneira que ela não tinha tempo para outras preocupações. Kikuchiyo, por seu lado, não achava nada disso divertido. Obrigada a ir ao camarote do benfeitor de Komayo para cumprimentá-lo, por receio de ofender alguém, e tendo de assistir dali ao triunfo da outra, sentia-se furiosa e triste, com vontade de chorar.

月夜烏にだまされて / いっそ流して居続けは / 日の出る迄もそれなりに / 寝ようとすれど / 寝られねば / 寝ぬを恨みの旅の空

tsukiyogarasu ni damasarete / isso nagashite itsuzuke wa / hi no deru made mo sore nari ni / neyô to suredo / nerareneba / nenu wo urami no tabi no sora

E pensando que o corvo era a amada,
Yasuna ficou ali
Nos campos até o amanhecer

Tentou dormir
E não conseguiu
Sofrendo acordado, sob esse céu, nessa jornada

A dança chegava ao momento de maior intensidade. Hanasuke e a patroa de Hamazaki empenhavam-se em elogiar Komayo, achando que isso agradaria Yoshioka.
— Ela se tornou uma grande artista!
— Graças a muito esforço e dedicação!
— A apresentação está impecável!
Ao ouvir esses elogios, Kikuchiyo começou a ofegar com agonia, e Yoshioka foi se enfurecendo de tal maneira que não conseguia pensar em outra coisa a não ser tomar Kikuchiyo para si e se vingar de Komayo. Quando o espetáculo chegou à parte intitulada "Atrás da cortina de folhas", Yoshioka pegou a mão de Kikuchiyo em silêncio.[41]

Kikuchiyo não tentou se desvencilhar. Continuou impávida, mas, sem saber para onde olhar, virou-se vagamente para a direção do palco. Yoshioka observava-a com fixação para ver como ela reagiria, e ficou tanto tempo assim que suas mãos, ainda juntas, começaram a suar. Kikuchiyo não procurava se soltar, mas em dado momento, desejando fumar, foi obrigada a buscar o cigarro com a mão que estava livre. Yoshioka, em silêncio, passou a ela o cigarro com filtro dourado que estava fumando, e achou engraçado quando ela o levou à boca sem pestanejar. Ele resolveu ir adiante: fingindo se interessar por algo no palco, esticou o

---

41. Na edição de 1918, o capítulo terminava aqui.

pescoço em direção à mulher, a ponto de roçar a bochecha na dela, e encostou o joelho em seu corpo, empurrando-a um pouco para a frente.

Mesmo assim, Kikuchiyo manteve-se imóvel, como se não houvesse nada de estranho. Yoshioka entendeu que, com isso, ela mostrava que compreendia seu interesse e estava de acordo. Ele sorriu, satisfeito. Na sua vaidade de cliente, pensou que Kikuchiyo já devia estar de olho nele havia muito tempo. Imaginou que ela sentia inveja de Komayo quando a via com ele, pensando coisas do tipo: "Oh, que esplêndido benfeitor!" Divertia-se com a história, enquanto especulava mentalmente quais seriam os sentimentos da gueixa.

Kikuchiyo não era uma daquelas gueixas tradicionais de Shinbashi, educadas para a profissão desde crianças, que trabalhavam em uma casa como aprendizes. Ela nascera em Yamanote[42], era filha de um pequeno comerciante, e aos catorze anos fora trabalhar em uma casa de família, como criada de quarto de uma viscondessa. As ombreiras de seu quimono ainda eram dobradas para dentro, como as de uma criança, quando ela começou a se envolver com um estudante agregado[43] da casa. Não demorou muito e o

---

42. Literalmente, "para o lado das montanhas". Parte oeste de Tóquio, afastada do centro e localizada em zona de maior altitude, em contraposição a Shitamachi ("cidade baixa"), mais próxima do porto e do rio. Tradicionalmente, Yamanote era relacionada aos samurais e a uma vida mais tranquila, enquanto Shitamachi era sinônimo de vida agitada e de bairros mais populares. Nesse caso em específico, a ênfase está provavelmente no fato de que Kikuchiyo vinha de longe e de que teve uma infância bastante diferente daquela de uma menina que viveu toda a sua vida em Shinbashi.
43. Um *shosei*, estudante que presta serviços domésticos em troca de comida e alojamento.

visconde também começou a assediá-la. Por um período, ela se viu dividida entre a alcova do patrão e o quartinho do serviçal, mas, algum tempo depois, o filho do visconde voltou de viagem e ela também teve de servi-lo na cama. O senhor visconde achou o arranjo inconveniente, e começou a buscar uma maneira de se livrar dela.

Foi nessa época que ele recebeu uma visita de Jukichi, uma gueixa com quem tivera um relacionamento no passado. Ao ouvir o que o homem tinha a dizer, Jukichi imediatamente sugeriu que a criada fosse trabalhar com ela, como gueixa. Afinal, tão jovem e já com um currículo desses, a menina tinha muito potencial na profissão. A própria Kikuchiyo gostou da ideia, pois sempre quisera vestir os lindos quimonos que as gueixas usavam em festas e eventos. A questão se resolveu de maneira surpreendentemente simples, mas, para não levantar suspeitas, Kikuchiyo precisou voltar a sua casa em Yamanote por algum tempo, antes de iniciar sua carreira na Obanaya. Aos dezessete anos, ela tinha a pele muito clara e era delicada como uma boneca — o tipo de corpo que agrada os cavalheiros de uma certa idade. Logo conquistou muitos clientes. Ainda por cima, tinha talento para lidar com aqueles mais "perigosos", aos quais as outras gueixas se recusavam a atender.

Jukichi e seu marido Gozan, acostumados a um tipo mais tradicional de gueixa, ficavam sempre muito surpresos com a quantidade de elogios que uma garota tão sem refinamento recebia das patroas das casas de chá. Ela podia não ter classe, mas era muito boa no que fazia. Em outros aspectos, porém, era intratável e incorrigível: não tinha nenhuma compostura em eventos e não tratava as gueixas mais velhas com formalidade, o que exasperava Gozan de tal maneira que, mais de uma vez, ele pensou em mandá-la para outra casa com o intuito de evitar que uma mulher tão grosseira influenciasse suas outras gueixas. Mas a popularidade de Kikuchiyo era evidente, e assim, apesar de seus defeitos, ela foi ficando. Jukichi se responsabilizou pela sua educação, e tentou lhe ensinar os fundamentos da música e da dança. Foi com a disciplina da arte que ela finalmente adquiriu algum refinamento e compreendeu o que de fato significava ser uma gueixa. Conseguiu dois ou três clientes fixos, e hoje era capaz de atuar como coadjuvante em um número de canto no Kabukiza.

Kikuchiyo era uma mulher completamente diferente de Komayo, que fora educada para ser gueixa. Não era orgulhosa nem caprichosa, e tinha uma natureza despreocupada. Não fazia distinção entre rapazinhos e respeitáveis senhores, entre grosseirões e modernos ocidentalizados — não tinha preferências nem aversões. Para ela, todo cliente era apenas um homem e nada mais; e todo homem, depois de encher a cara de saquê, era a mesma besta selvagem. Não que ela um dia houvesse chegado a essa conclusão de forma consciente — apenas sabia instintivamente, por experiência, que o mundo era assim. Não achava isso vergonhoso ou desagradável; tampouco, é claro, achava que fosse algo para se alegrar. No entanto, graças a essa atitude, tinha menos dificuldade do que outras, mais frágeis, na lida diária com os clientes.

Havia quem dissesse pelas suas costas que era ela quem muitas vezes provocava a lascívia masculina, e algumas pessoas do bairro achavam mesmo que ela era imoral. É claro que esse tipo de fofoca atiçava a curiosidade dos homens, e Yoshioka, que já ouvira falar de Kikuchiyo diversas vezes, sempre sentira vontade de conferir a veracidade de sua fama. No entanto, nunca fizera nada a esse respeito, porque Kikuchiyo pertencia à mesma casa que Komayo. Agora, tudo mudara: Kikuchiyo era a pessoa indicada para ajudá-lo a se vingar de Komayo, e ele finalmente satisfaria esses desejos. Mal podia esperar pelo final da apresentação. Nesse instante, ouviu-se a coda:

似た人あらば教えてと / 振りの小袖を身に添えて / 狂い乱れて伏し沈む
nita hito araba oshiete to / furi no kosode wo mi no sonaete / kuruimidarete fushishizumu

Existe alguém como ela? Digam-me!
Alguém como ela, neste quimono? Existe?
Ah! Sinto que vou submergir em minha loucura!

Quando os tacos de madeira anunciaram o fim do número, Yoshioka levantou-se, fora de si.

11

Kikuobana

A Revista de Outono foi um grande sucesso, atraindo multidões durante os três dias. Na manhã seguinte ao encerramento, tudo estava calmo no bairro de Shinbashi. Nada interrompia o silêncio, nem mesmo o som dos ensaios de *shamisen*. Entre as ruas Konparu, Naka, Ita e Shigaraki, não se via o habitual ir e vir de mulheres, comum nesse horário, a caminho de uma aula de música ou voltando de um ensaio de dança. O bairro parecia calmo, as pessoas, exaustas, como sempre ocorria depois de um desses festivais. De vez em quando, avistava-se a atendente de alguma casa de chá, ou ainda grupos de três ou quatro gueixas mais velhas, a passos rápidos. Para um olho destreinado, elas pareceriam ocupadas com a organização das coisas após o período de festas. As gueixas, no entanto, sabiam que elas também poderiam ser mensageiras, trazendo más notícias.

As más notícias, muitas vezes, eram relacionadas a disputas entre colegas. As coisas não eram tão agitadas quanto no mundo do poder, que, como se sabe, é cheio de falsos conflitos, inventados e explorados pelos políticos em proveito próprio. As gueixas não são tão perversas quanto os parlamentares e, em geral, têm mais classe. Ainda assim, naquele dia, onde quer que houvesse um ajuntamento de mulheres em Shinbashi, fosse na casa de banhos, na cabeleireira ou no piso superior das casas, onde as gueixas passavam as horas de ócio, a conversa, que costumava girar em torno de críticas e avaliações das concorrentes, hoje se centrava mais em fofocas, ou mesmo em calúnias. Corria à boca pequena que Kikuchiyo, a gueixa da Obanaya mais conhecida como A Vagabunda, ou Peixinho Dourado, tivera a sua dívida paga por um benfeitor. À casa de Jukichi, a notícia fora trazida pela aprendiz Hanako, de volta do salão de beleza. Ela contou a Komayo que, segundo a cabeleireira lhe dissera, Kikuchiyo aparecera na noite anterior, antes mesmo do encerramento do festival, e pediu que lhe fizessem um penteado de mulher casada. Da Obanaya, a fofoca se espalhara rapidamente para as casas vizinhas e para as três defronte. A notícia ia sendo repassada bairro afora, e todos especulavam a identidade do benfeitor que comprara a dívida de Kikuchiyo. Comentava-se que ela saíra do teatro e fora direto ao salão. De lá, teria desaparecido, acompanhada de um homem. Desde a tarde anterior não telefonara para dar notícias, e mesmo Osada, a atendente da Obanaya, não sabia dizer por onde ela andava. Podia ser que, além dos quatro clientes fixos, ela mantinha outros, em segredo. Afinal, dizia-se que Kikuchiyo costumava passar a noite fora quando estava com um cliente, ou mesmo sair em viagem, não dormindo mais do que uma noite ou duas por mês na Obanaya. Mas talvez esses boatos fossem exagero das outras gueixas.

— Se conheço bem a bisca, aposto que o homem não é japonês. Deve ser um branco fedorento, ou um ching-ling asqueroso — disse alguém no segundo andar da Obanaya, em meio a outras manifestações de despeito.

Ao chegarem ao veredito unânime de que o novo homem da Peixinho só podia ser um estrangeiro horroroso, o grupo se dispersou. Umas foram ao templo, outras à casa de banhos, e outras à cabeleireira.

Aproveitando que estava sozinha no segundo andar, Komayo se acomodou de frente ao *tansu*[44] e se pôs a fazer as contas de quanto gastara com a apresentação de *Yasuna* no Kabukiza. Ela tinha de pagar a professora, o conjunto musical Kiyomoto, o contrarregra, a camareira do teatro e os assistentes e discípulos de Segawa. Descontou o que já fora pago, somou o que ainda faltava pagar a outras faturas e débitos que contraíra nesse meio-tempo e, depois de se certificar de que não esquecera nada, chegou à soma de seiscentos e tantos ienes. Acendeu um cigarro distraidamente, quando de súbito se lembrou de que precisava fazer uma coisa. Guardou o caderno de contas numa gaveta, desceu e se dirigiu ao telefone. Ligou para a patroa da Hamazaki para saber se estava em casa, pois queria passar por lá para uma visitinha rápida. Depois, mandou a criada à Confeitaria Fugetsudo para comprar um vale-presente.

No primeiro dia do festival, Yoshioka combinara de se encontrar com Komayo na Hamazaki após a apresentação. No entanto, ele dera uma desculpa qualquer e saíra no meio

---

44. Móvel tradicional japonês, em geral na forma de uma pequena cômoda com gavetinhas ou portinhas de correr.

do espetáculo, sem se despedir. Komayo achava que devia haver algum motivo para essa mudança repentina de planos, e uma parte dela temia que tivesse a ver com seu caso com Segawa. Quando, às vezes, lembrava-se do ocorrido, voltava a se preocupar, mas a verdade é que, naquele dia, a ausência de Yoshioka a permitira passar a noite com seu amado. Ele revisara com ela todos os passos da apresentação, oferecera algumas críticas e sugestões, e o prazer que Komayo sentia com toda essa atenção era suficiente para que se esquecesse de ligar para a Hamazaki. Na segunda noite do festival, foi obrigada a dormir com o monstro marinho na Taigetsu. No dia seguinte, recebeu um chamado inesperado de Sugishima, o comerciante que morava em Dalian, na China, aquele mesmo de quem ela tanto costumava fugir antigamente. Dessa vez ela não pudera recusar, e a visita à Hamazaki teve de esperar até depois do festival.

A patroa da Hamazaki assegurou-lhe que Yoshioka não parecia irritado ou descontente com nada na noite de abertura; apenas dissera algo a Eda, levantara-se e saíra mais cedo, aparentemente por causa de alguma emergência.

— E Eda, como você mesma sabe, saiu depois do número seguinte, sozinho.

Komayo sentiu um grande alívio, mas não disse nada. No caminho de volta, comprou dois *kintsuba*[45], que, ao chegar em casa, depositou sobre o *tansu*, diante do altar para a deusa Inari. Acompanhou a oferenda com uma prece, pedindo dinheiro e prosperidade.

---

45. Doce redondo e achatado, feito com açúcar e pasta de feijão, com uma casca de farinha de trigo ou farinha de batata.

Naquela noite, cumpriu os seus compromissos normalmente. De volta a casa, constatou que Kikuchiyo ainda não retornara. Provavelmente, passaria mais uma noite fora. No dia seguinte, à hora do entardecer, quando as gueixas começavam a se maquiar para a noite, Kikuchiyo ainda não tinha dado o ar de sua graça. Osada começou a se preocupar, achando que alguma coisa ruim devia ter acontecido. O boato de que alguém pagara sua dívida se dissipou, e algumas achavam que ela simplesmente fugira. Na verdade, aquela não era a primeira vez que Kikuchiyo sumia sem avisar: ela já estivera em Hakone, em Ikaho, e chegou a parar em Kyoto com um cliente sem nem se dar o trabalho de telefonar à Obanaya.

Jukichi não parecia muito preocupada, mas, por receio de que as escapadas de Kikuchiyo fossem um mau exemplo para suas outras meninas, de vez em quando resmungava que isso não ficaria assim. Ela estava fazendo um comentário mal-humorado sobre como era impossível que alguém desejasse pagar a dívida de uma gueixa sem refinamento como Kikuchiyo quando a própria ressurgiu porta adentro. Estava em um estado deplorável. O penteado de mulher casada, preso com uma fita vermelha, parecia prestes a se desmanchar. A maquiagem pesada estava descascando, e a pomada de cabelo havia derretido e escorria por sua nuca, deixando manchas escuras em seu pescoço. Parecia que ela tinha acabado de acordar, indo direto até ali, sem tomar banho. O quimono estava mal fechado, o cinto se desfazia e suas pernas estavam sujas da terra vermelha da rua. Era a personificação do desleixo. Até mesmo Jukichi, que em geral não era de criticar as pessoas, estava desconcertada.

"As gueixas são como os atores", pensou, "ou a gente as cria desde cedo para a profissão, ou é melhor nem deixar que se apresentem." O susto, no entanto, deixara-a muda. Kikuchiyo, por sua vez, não parecia estar nem aí para nada. Disse à patroa, com um tom de quem tem muita coisa para fazer:

— Dona Jukichi, preciso falar com a senhora.

Então a história de que ela tivera sua dívida saldada era verdadeira! Jukichi ficava cada vez mais espantada. Ela se levantou e foi com Kikuchiyo até um cômodo dos fundos, onde podiam falar a sós.

Menos de meia hora depois, Kikuchiyo apareceu no segundo andar, ainda descabelada e com o quimono torto. Apesar do estado em que se encontrava, tinha um ar de senhora da situação. Enquanto as outras mulheres se arrumavam, foi até o centro do quarto e se jogou no chão, exausta, e depois, como se falasse sozinha, disse:

— Acabou! Hoje é o último dia!

Uma das aprendizes perguntou:

— Maninha, aconteceu alguma coisa boa? Nós devemos cumprimentá-la?

— Sim! Graças aos céus! — disse, não se sabe a quem. — Hanasuke! Depois que eu me instalar na nova casa, prometa que vai me visitar!

A essa altura, as outras pararam de fingir desinteresse. Hanasuke foi a primeira a falar:

— Kikuchiyo, que maravilha! Você vai sair desta vida ou abrir sua própria casa?

— Acho que morreria de tédio se parasse de trabalhar. Pretendo abrir minha própria casa.

— Ah, que bom! — disse Komayo. — Nada melhor do que ser dona do próprio nariz!

— Kikuchiyo, conte-nos, quem foi? — perguntou Hanasuke, mostrando o polegar.[46] — Foi o senhor...?

Kikuchiyo negou com a cabeça, mas não acrescentou mais nada. Depois riu, como uma criança dengosa. Kikuchiyo perguntou:

— Ah, já sei! Então foi o senhor...?

Sem responder nada, Kikuchiyo continuou a rir.

— Quem é, quem é? Kikuchiyo, conte-nos! O que é que tem de mais? Somos todas colegas!

— Ai, não sei, fiquei com vergonha — respondeu, dando gargalhadas.

— Vergonha? Sim, claro, porque você é uma dama *tão* pudica...

— Ah, sabe o que é? É que se trata de um senhor que vocês todas conhecem... Figurinha carimbada aqui do bairro... Já, já, todo mundo vai ficar sabendo mesmo...

Nesse momento, chamaram Komayo ao telefone, para avisar que a aguardavam na casa de chá onde tinha um compromisso. Ela partiu em seguida e, ao chegar, entrou em uma salinha onde ficavam as gueixas antes do início da festa. Imediatamente, todas as mulheres que estavam ali começaram a elogiá-la pela apresentação de *Yasuna* no Kabukiza. Diziam que ela estivera maravilhosa, que tinha muito talento. "Todo o gasto valeu a pena", pensou. Durante o banquete, apresentou a dança *Urashima*, e foi efusiva-

---

46. O polegar levantado é um gesto que significa "homem". O dedo mínimo levantado significa "mulher".

mente aplaudida pelos quinze ou dezesseis convivas e pelas mais de vinte gueixas que estavam ali trabalhando. A pedidos, apresentou ainda a dança *Shiokumi*, antes de partir para o próximo compromisso.

Dali, foi para a Hamazaki, onde Yoshioka a aguardava.

— Ouvi dizer que sua colega Kikuchiyo vai abrir sua própria casa? Dê a ela este dinheiro como presente de comemoração — disse, entregando-lhe dez ienes. — Você também devia dar algum presente a ela.

Yoshioka não ficou muito. Bebeu menos do que de costume e partiu, dizendo que tinha de resolver muitas coisas no trabalho. "Mas, pelo menos, apareceu", pensou Komayo. Com isso, sua imagem na Hamazaki estaria em parte restabelecida. Suas preocupações com relação ao dia da estreia também se dissiparam. Enviou, feliz da vida, o dinheiro de presente a Kikuchiyo.

Kikuchiyo encontrara uma casa para alugar na rua Ita, na qual pusera uma placa onde se lia "Kikuobana".[47] Era uma combinação do seu próprio nome com o da casa onde trabalhara, a Obanaya — uma homenagem. Como ela ainda frequentava a mesma cabeleireira, Komayo tinha a oportunidade de vê-la esporadicamente. Continuava a mesma Kikuchiyo de sempre, tagarelando sobre assuntos insignificantes. Komayo continuou por um bom tempo sem descon-

---

47. Em japonês clássico, *obana* é o nome do capim-eulália, semelhante ao capim-dos-pampas. *Kiku* quer dizer "crisântemo". Um paralelo pode ser traçado entre a simbologia das duas flores e o caráter das duas casas: ainda que ambas sejam consideradas "flores de outono" pela poesia clássica, a eulália era tradicionalmente associada à cultura da Antiguidade, elegante e aristocrática, enquanto que o crisântemo, uma flor mais vistosa e colorida, era associado às classes urbanas populares, em especial a partir da Era Edo.

fiar de que o benfeitor que pagara a dívida de Kikuchiyo era justamente Yoshioka.[48]

Se Komayo não desconfiava de nada, é porque ninguém em Shinbashi tinha como saber do acontecido. Yoshioka planejara sua vingança com deliberação. No dia da estreia, ao deixar o teatro, contara uma mentira qualquer a Eda e fora a uma casa de chá de Nihonbashi, o bairro ao lado, para não criar suspeitas. Então, mandara chamar Kikuchiyo e, quando ela chegou, convenceu-a a acompanhá-lo a Mukojima de automóvel. Era sábado, e, desde que fora com Komayo à Sanshun'en, ele nunca mais saíra da cidade nesse tipo de "escapada amorosa". De início, Kikuchiyo tentou se fazer de difícil, mas logo o álcool começou a lhe subir à cabeça e ela revelou ser exatamente como diziam, se não melhor. Na verdade, era tão desavergonhada que Yoshioka chegou a se perguntar se ela ainda teria algum resquício de decoro feminino. E ele, sempre tão cuidadoso com planos e horários, viu-se obrigado a ligar para casa avisando que não voltaria naquela noite, para ficar com Kikuchiyo.

Foi justamente ao longo da noite que ela demonstrou o valor de suas peculiaridades. Yoshioka era, havia muito tempo, um frequentador assíduo do bairro da vida flutuante, e conhecera muitas gueixas, mas nunca nenhuma como ela. Parecia uma puta branca, e não uma japonesa. Uma dessas putas brancas que, completamente nuas, se sentam no colo dos clientes com uma taça de champanhe na mão e passam a noite toda dizendo e fazendo indecências. Tinha outras qualidades também. Em primeiro lugar, a pele alvíssima —

---

48. Os próximos dez parágrafos não constavam da edição de 1918.

entre as mulheres japonesas, é muito raro encontrar essa tez rosada, com esse viço indescritível. Em segundo, a firmeza de sua carne — ela tinha o que se chama vulgarmente de "pele de *mochi*", ou seja, era macia sem ser flácida, e firme sem ser dura, proporcionando ao homem que a abraçasse a sensação de estar unindo a sua pele à da mulher, deslizando por ela, tornando-se, ele e ela, um único ser. Era macia até mesmo em lugares onde em geral há mais ossos, como no pescoço, nos ombros e nos quadris. No entanto, era tão miúda e irrequieta que não parecia ter o peso e a imobilidade das gordas. Ele conseguia abraçá-la, levantá-la, tê-la no colo. Seus seios fartos se grudavam ao seu peito e tremiam, sua bunda, redonda como duas bolas de borracha, se encaixava em seu quadril. A parte interna de suas coxas, leve como seda, apertada contra seu corpo, parecia um edredom de penas, aconchegante. Se ele a deitava a seu lado e a abraçava, ela se enroscava toda nele e parecia menor, e a sensação oferecida por sua pele era de tal lisura e maciez que dava a impressão de que ela poderia escorregar e lhe escapar a qualquer instante. Enlaçou-a com os braços e as coxas, e sentiu o corpo dela sobre o seu como um doce que se derretia, escorrendo entre suas pernas e quadris, até as costas. Mesmo abraçando-a com força, ela continuava a se mover, irrequieta, e dava a sensação de que ele tinha em seus braços diversas mulheres diferentes, cada vez uma nova tentação.

Em terceiro lugar, Kikuchiyo, ao contrário das outras gueixas e de todas as mulheres japonesas que Yoshioka conhecera até então, tinha uma atitude desinibida. Não sentia medo nem vergonha da luz, artificial ou natural. O leito não precisava estar pronto: bastava que o homem tomasse a iniciativa, e ela se entregava em qualquer horário, fosse durante o dia ou na calada da noite. Para ela, a roupa de dormir — na verdade, qualquer roupa — servia apenas para protegê-la contra o frio. Talvez se pudesse dizer inclusive que, para ela, as roupas não serviam para esconder o corpo. Até então, Yoshioka acreditava ter feito quase tudo o que desejava no leito — mas, não sendo médico, havia partes do corpo feminino que ele ainda não pudera observar com clareza. Havia coisas que mesmo ele, até então, não tivera coragem de exigir de uma gueixa. Essas curiosidades e desejos foram sendo um a um satisfeitos por Kikuchiyo no espaço de uma noite.

A quarta característica que distinguia Kikuchiyo das outras gueixas era a sua maneira de falar — e as coisas que dizia: as histórias de alcova que contava, as suas birras. Ela nunca falava de música ou dança, ou qualquer outra habilidade artística. Não comentava as apresentações teatrais, nem tinha opinião sobre o talento dos atores. Não falava mal das colegas nem das superiores. Não fazia fofoca sobre as donas de casas de chá. O único assunto de suas conversas era ela própria, ainda que nem sobre esse tema conseguisse discorrer de forma articulada. Falava o tempo todo das coisas que os homens haviam feito com ela, de como haviam se aproveitado dela, de como, desde o tempo em que trabalhara como doméstica na casa de um Visconde Fulano de Tal até depois de ter se tornado gueixa, fora usada e abusada por inúmeros homens, das mais variadas maneiras. Se por acaso a história versasse sobre outra gueixa, os temas eram invariavelmente amor, ciúme e sexo com clientes. Ela podia estar conversando sobre viagens, teatro, filmes de cinematógrafo, o parque de Hibiya, o que quer que fosse — até quando falava de outras coisas, o assunto, no fundo, eram os homens.

Se, por exemplo, alguém falava do Kabukiza, ela dizia algo como:

— Lembra aquela vez em que a trupe Omodakaya estava apresentando o espetáculo *Kanjincho* e um homem num camarote bem na frente começou a fazer indecências? Ele atrapalhou a apresentação de todo um ato! Mas dizem que esse tipo de coisa sempre existiu no teatro. Dizem que os atores gostam que as pessoas façam sem-vergonhices durante a apresentação, porque dá sorte...

Ou, se o assunto era a cidade turística de Hakone e suas estações termais, ela contava uma de suas experiências:

— Ah, uma vez eu estava em Hakone e acabei fazendo o que não devia com um cliente que não era meu! Eu tinha bebido um pouco demais, e decidi ir tomar um banho na piscina de água quente, para ver se a tontura passava, daí fiquei de molho naquela água morninha, gostosa, quando de repente esbarrei as costas num homem peludo. Eu nem me espantei, porque o cliente com quem eu estava também era assim, parecia um urso. Estava escuro, tinha todo aquele vapor, então eu deixei ele me agarrar. Nem abri os olhos. Puxei o homem em minha direção, e decidi lhe fazer um agradinho a mais. Afinal, se eu desse a ele algo especial, podia ser que ele me desse uma gorjeta maior. Além do que, era a oportunidade perfeita, porque dentro daquela água toda ele estava bem lavadinho e limpinho. Era uma coisa que um cliente me ensinara, algo que ele havia aprendido em uma viagem à Europa. Escuta só, que loucura! Eu também sou bem burra, né? Fiquei entusiasmada com aquilo, que era uma coisa bem diferente, e o homem também não reclamou. E o sem-vergonha descarado nem para me avisar que ele não era quem eu estava pensando! E eu ali, em plena piscina pública, fazendo uma coisa que nem uma puta barata, que dirá uma *gueixa*, jamais pensaria em fazer! E o pior é que ele nem me avisou que já estava terminando, só sei que de repente eu ouvi um gemido, ele se tremeu todo e foi na minha boca mesmo! Daí eu abri os olhos, pensando no que é que eu ia fazer, e nesse instante eu ouço um grito horrível de mulher. Nós três, eu, ele e a mulher, nos olhamos, e daí eu vi que não era o meu cliente, era um homem que eu nunca tinha visto na vida. A tal da mulher, que entrara na piscina enquanto nós estávamos ali no maior descaramento, era a *esposa* dele! E eles estavam em Hakone em *lua de mel*! Depois fiquei sabendo que tudo logo acabou em divórcio. Foi a pior coisa que já me aconteceu *na vida*. Pior até do que aquela vez em que um bandido me pegou por trás à força.

As histórias de Kikuchiyo eram todas desse calão.

Naquela primeira noite, Yoshioka já decidira que jamais a deixaria escapar. Era uma mulher única, insubstituível. Não havia uma igual a ela em todo o arquipélago nipônico. A sua carreira no mundo flutuante — algo de que ele se orgulhava muito — fora, até então, uma mera preparação para aquele momento, para aquele encontro. Ele ia pagar a dívida de Kikuchiyo e tomá-la para si, quanto a isso não restava dúvida. O resto, ele resolveria depois. Queria pensar com calma sobre o que fazer para se vingar de Komayo.

Com o inverno se aproximando, as pessoas já não usavam mais quimonos leves. Os perfumados shimeji já não eram o prato mais requisitado do cardápio no restaurante Kagetsu, e os *matsutake*, caríssimos no início do outono, agora serviam para dar gosto aos ensopados na Casa Matsumoto. Os crisântemos, que até pouco tempo atrás haviam atraído multidões ao parque de Hibiya, desapareceram, dando lugar às folhas secas que o vento levava pelos caminhos de cascalho onde os meninos jogavam bola. O parlamento reabrira, e aos clientes habituais das casas de chá de Shinbashi vieram se somar as caras caipiras dos políticos do interior. Todos os estabelecimentos estavam lotados com financistas, ou ainda com convidados de importantes homens de negócios, vindos de reuniões de diretoria que aconteciam no bairro contíguo de Marunouchi. Aumentava o número de boatos sobre quais aprendizes teriam se tornado gueixas do ano passado para cá. Em Ginza, as folhas dos salgueiros já estavam amarelas, mas ainda não haviam começado a cair. As decorações das lojas mudaram, e viam-se aqui e ali flâmulas vermelhas e azuis, anunciando as promoções de fim de ano. As bandinhas musicais ocupavam as esquinas, e as pessoas apressavam o passo ao passarem pelo barulho. Nas manchetes gritadas pelos jornaleiros, as edições extras dos jornais anunciavam o início da temporada de sumô. As gueixas começavam a fazer as contas para os preparativos do Ano-Novo, e, mesmo diante dos clientes, não hesitavam em pegar a caderneta e puxar do *obi* um lápis com a ponta por fazer, lambendo o grafite para anotarem os compromissos da primavera.

Foi só quando esse afã de fim de ano começou que Komayo se deu conta de que Yoshioka nunca mais dera notícias. Foi anunciado o grande banquete que a empresa dele oferecia todos os anos nessa época, e as mesmas gueixas de sempre foram convocadas. Apenas Komayo ficou de fora. Ao saber disso, sentiu uma coisa ruim no peito, mas já não havia mais nada a fazer.

Segawa partiu para as províncias com sua trupe cerca de uma semana após o encerramento do festival das gueixas. Planejavam ir de Mito a Sendai, e talvez não voltassem a Tóquio antes do fim do ano. As grandes estrelas da trupe de Segawa eram Juzo Ichiyama, com sua voz rascante e estilo sombrio, e Tsuyujuro Kasaya, um ator tão versátil que era capaz de fazer qualquer papel, fosse de homem, mulher, criança, velho ou jovem. Se, por um lado, Komayo sentia falta de Segawa, por outro ela teria agora algum tempo para se dedicar a outras questões, como o que fazer com Yoshioka e outros clientes, dos quais ela praticamente se esquecera até então.

Havia o antiquário de Yokohama, o monstro marinho, que Hanasuke lhe arrumara sem consultá-la. Ele se tornara um cliente fixo, mandava que a chamassem praticamente todas as semanas. No início, ela concordara em encontrá-lo para não ficar mal com Hanasuke, e depois, não sabendo como se desvencilhar dele, teve de se submeter à situação com maior frequência. Ele a obrigava a fazer coisas indizíveis, coisas que nenhuma gueixa se disporia a fazer (exceto, talvez, Kikuchiyo). Tentou de tudo para se livrar dele, mas, quanto pior o tratava, mais ele parecia gostar. Sempre que a chamava, mandava virem também outras gueixas, escolhidas entre as mais populares. Na época do festival de outono, ele chamara todas as gueixas mais velhas e com alguma autoridade no bairro para pedir que ajudassem a sua protegida a subir na carreira, o que deixara Komayo furiosa, e ao mesmo tempo, sem poder reclamar. Ele se comportava como um excelente benfeitor. Sabendo do caso com Segawa sem que Komayo precisasse lhe contar, ele enviara ao ator uma cortina comemorativa. Contudo, ainda que o antiquário lhe rendesse muito mais dinheiro do que mil outros homens, o desconforto e a repulsa que Komayo sentia quando estava em sua companhia eram maiores do que se ela estivesse com cem mil outros clientes dos mais asquerosos. Ela sentia o corpo tremer, tinha ânsias de vômito, e toda vez prometia que seria a última. Mas, assim que chegava em casa, a necessidade financeira começava a falar mais alto, e ao fim do mês, quando o dinheiro era mais curto, convencia-se de que era necessário suportá-lo. Ele era traiçoeiro, tratava-a como uma presa: se ela tentava fugir, corria atrás dela e a atacava. Komayo não poderia resistir para sempre, mas também não podia gritar por socorro nem mostrar o seu asco. Tudo o que podia fazer era chorar em silêncio.

Era justamente o rosto de uma mulher sofrendo, rangendo os dentes, chorando, que excitava o antiquário. Ele sabia que sua pele era escura e que ele era feio. Por toda a sua vida, só conseguira o que queria das mulheres por meio da força. Em Yokohama, as casas de chá e as casas de gueixas tinham dívidas com ele, então nunca lhe faltava mulher. Ainda assim, acostumado com uma vida de concupiscência, ao vir a Tóquio não resistiu à tentação de procurar as casas de chá da capital. O monstro marinho sabia que sua aparência era repugnante, e com o tempo passou a sentir especial prazer em humilhar e torturar as mulheres que contratava. Tornou-se um daqueles clientes cuja principal motivação é o exercício da força sobre uma mulher que não o deseja. Ele sempre indagava às patroas se não havia uma gueixa precisando de dinheiro, ou que tivesse um amante ator para sustentar, ou com uma dívida impagável, pois, nesses casos, sabia que teria mais poder sobre a vítima. Punha o pagamento diante da gueixa como uma isca, e a mulher, desesperada pelo dinheiro, derramava lágrimas de frustração ao se submeter às suas crueldades e indecências. O monstro observava a cena com deleite, achando tudo muito engraçado e fascinante. Sua vida girava em torno desses prazeres perversos, típicos da gente criada nas classes mais baixas do porto.

Assim, enquanto Komayo continuasse apaixonada por Segawa, ela não poderia se livrar do monstro marinho, o que a tornava a gueixa ideal para ele, como se tivesse sido encomendada. Quando veio o mês de dezembro, na época em que todos estão tão mal de dinheiro[49] que parecem prestes a sair pela rua em desespero, juntando moedas pela calçada, ele pensou "Ah, chegou a hora!", e, movendo lentamente seu pesado corpo, foi até a Taigetsu e mandou chamar Komayo.

---

49. Tradicionalmente, as dívidas contraídas durante o ano precisavam ser todas saldadas até 31 de dezembro. Trata-se de um lugar-comum da literatura da Era Edo, aqui atualizado por Kafu para a Tóquio pós-restauração. O habitante da velha Edo (atual Tóquio) era descrito como alguém que pela manhã não sabe com que dinheiro pagará o jantar e que está sempre correndo dos credores, especialmente no final do ano.

Embora estivessem no inverno e os dias fossem mais curtos, ainda não havia escurecido quando Komayo saiu de casa em direção à rua Ita, onde havia uma loja de armarinho que costumava visitar. No caminho, passou em frente à Kikuobana. Ao ver o letreiro, pensou que, desde que Kikuchiyo abrira seu novo negócio, ela não fora cumprimentá-la. Postou-se diante da entrada e gritou:

— Ô de casa!

Uma voz respondeu dos fundos do prédio:

— Vamos entrando, vizinha!

— Agora, não. Vou ali no armarinho, mas na volta eu passo aqui!

Dizendo isso, já começava a se afastar quando passou um riquixá com o capô levantado. Ainda assim, ela conseguiu ver parte do perfil do passageiro, que se parecia muito com Yoshioka. Virou-se para trás para olhar melhor, e notou quando o riquixá parou diante da Kikuobana. As calças do homem que desceu eram de uma cor que não lhe era estranha. "Que esquisito", pensou, "será que... Não, não pode ser... Mas é melhor voltar lá e conferir..." Cautelosamente, deu a volta e se aproximou de novo da entrada da casa. Nesse momento, abrindo a porta ruidosamente, saiu de lá uma menina de uns treze, catorze anos. Devia ser uma criada indo comprar alguma coisa. Komayo aproveitou para perguntar:

— A sua patroa está atendendo algum cliente?

— Sim, senhora.

— O benfeitor dela?

— Sim, senhora.

— Ah, está bem, então. É melhor eu vir outra hora. Transmita meus respeitos à sua patroa.

— Sim, senhora.

A menina andou até uma venda de saquê que ficava a duas ou três casas, e, da entrada mesmo, já gritou:

— Cinco *gô*[50] de saquê, por favor! O mesmo de sempre, o melhor que tiver!

A voz da menina, tão estridente que poderia cortar um metal, chegou clara até Komayo. Ela não se sentia bem.

Voltou para casa, mas seu espanto era tão grande que nem lágrimas lhe saíram. Até então, ela não desconfiara de nada, e no final ficara sabendo de tudo justo no dia em que decidira visitar Kikuchiyo. Imaginou os dois lá dentro da casa que Yoshioka pagara, rindo da cara dela, dizendo "Que burra!", e foi se sentindo cada vez pior. Bem nesse instante, Osada entrou e lhe disse que a aguardavam na Taigetsu. Era o monstro marinho. "Ah, que ódio!"

— Osada-san, por favor, ligue para lá e diga que não estou me sentindo bem, que não poderei ir, mas que podem me cobrar a multa pelo cancelamento.

Subiu para o segundo andar, mas menos de meia hora depois já havia descido de novo. Pediu à atendente que lhe chamasse um riquixá e saiu para um compromisso. Pouco tempo depois, ao escurecer, quando se acendem as luzes, Komayo ligou para a Obanaya e pediu que chamassem Hanasuke.

— Hanasuke, estou indo para Mito. Você pode dar alguma explicação para Osada-san e para a patroa? Conto com você!

---

50. Medida tradicional de líquidos. Corresponde a 180 ml. Cinco *gô*, portanto, correspondem a novecentos ml.

E já ia desligar quando Hanasuke respondeu, esbaforida:
— Ah, Komayo, só você, hein?! Onde você está agora? Na Taigetsu?
— Não, só dei uma passadinha na Taigetsu. Agora estou na Gishun. Expliquei para a patroa aqui toda a situação. Mas explicar isso para dona Jukichi, ainda mais por telefone, já é mais complicado. Volto amanhã ou depois de amanhã. É que tenho de discutir com Segawa uma coisa que me aconteceu. Preciso de sua ajuda, é caso de vida ou morte. Por favor!

Na verdade, Komayo não tinha nada para falar com Segawa; ela só queria mesmo era ver o rosto do amado. Ardia de despeito e fúria, e não existia outra pessoa no mundo que pudesse consolá-la. Assim, havia decidido ir a Mito, onde ele estava se apresentando com sua trupe, e não queria nem saber das consequências.

12
Anoitecer chuvoso

Nanso Kurayama vivia recluso em sua casa em Negishi. No inverno, os rouxinóis-do-japão e as lavandeiras tomavam o lugar dos mosquitos rajados e vinham cantar à sombra do matagal. Aproveitando a fonte de uma lagoa próxima, ele mandara construir um riachinho que passava debaixo da janela de seu escritório. No verão, quando o arroz selvagem floria, os vagalumes vinham pousar nas cortinas de bambu, como uma chuva de luz. No outono, ele se sentava à escrivaninha e ficava ouvindo o som das folhas dos caniços golpeadas pelo vento. Tendo levado uma vida agitada quando jovem, o escritor preferia agora o isolamento daquele lugar à beira d'água, contemplando as flores e as árvores de seu jardim.

Às vezes, no entanto, o suceder das estações o entristecia, pois evidenciava o passar do tempo, e que tudo um dia chega ao fim. Ao final do verão, nem bem terminam as chuvas passageiras que tamborilam sobre as folhas de lótus, e já se anuncia o outono, com os caniços que suspiram na brisa; então, os amarantos desaparecem e surgem os crisântemos. Logo em seguida, com as chuvas do fim do outono, os bordos já perderam suas folhas, e de repente já passou o solstício de inverno, e é o fim do ano — tempo de contar os botões das ameixeiras. Nos dias mais frios, prendendo a respiração, ele esvaziava os penicos nas raízes das velhas árvores. Era a época do ano em que se saboreiam os prazeres do alto do inverno — uma xícara de chá verde no silêncio da madrugada e o vermelho-vivo das frutinhas da nandina e da ardísia, mais belo que a cor das flores em contraste com o branco da neve. Mas logo viria o tempo de pôr na estante de livros um vaso com as flores amarelas dos narcisos e adônis, e, antes mesmo que elas murchassem, já chegaria o equinócio de primavera, quando se desbastam os crisântemos e se semeiam as gramas.

O escritor estava sempre dando as boas-vindas ou se despedindo de mais de cem espécies diferentes de plantas. Em um momento, as copas das árvores estavam verdejantes; em outro, o céu se escurecia com a estação das chuvas; pela manhã, as ameixas maduras começavam a cair do pé; ao anoitecer, as folhas da acácia nemu se fechavam para dormir. Sob o sol escaldante do meio-dia, a romãzeira em flor parecia estar em chamas, e a trombeta-chinesa espalhava suas flores alaranjadas pelo chão; à noite, podia-se ouvir o ruído, fino como fios de seda, dos insetos abrigados nas folhas das plantas palustres, cobertas de sereno.

Primavera, verão, outono, inverno: ali, a sucessão das estações era como o folhear de um manual de composição de haicai. Nesse ano de novo, como no anterior, viriam os rouxinóis da primavera cantarolar no matagal, e as lavandeiras dançariam sua costumeira coreografia à beira d'água.

Em um mundo onde tudo está sempre em transformação — o coração dos homens, as preferências do povo —, Nanso buscava conforto no retorno sazonal dos mesmos passarinhos. Quando precisava podar os galhos secos, ia mato adentro, procurando não espantar as aves, até chegar à cerca de bambu, coberta de trepadeiras *karasuuri*, que separava sua propriedade do terreno ao lado. Por um buraco da cerca, ele enxergava o pátio ensolarado do vizinho e o alpendre da casa, que dava para um pequeno lago.

Ia frequentemente até a cerca para observar a grande casa, magnífica, o portão de bambu, os galhos do velho pinheiro debruçado sobre o lago — era como uma cena de um romance de *ninjobon*. Ficava assim, parado, olhando, até que o ataque dos mosquitos rajados se tornasse insuportável. A casa, agora abandonada, pertencera por muito tempo a um bordel de Yoshiwara. A propriedade de Nanso era de sua família havia três gerações, e desde criança ele ouvia os adultos contarem histórias da casa vizinha. Uma delas o impressionara especialmente, mesmo tendo ocorrido quando ele ainda era muito pequeno. A casa grande fora usada, desde o Período Meiji, como uma espécie de estação de repouso. Certa vez, uma *oiran*, que chegara muito doente, acabou morrendo ali. Ele se lembrava de, ainda criança de colo, ter achado essa história muito triste. Até hoje, ao observar a formidável ruína, sempre pensava que as baladas antigas não eram meras invenções. Os tempos eram outros e a vida se ocidentalizara, mas ele tinha convicção de que, enquanto pudesse ouvir o som dos sininhos tilintando no vento da noite de verão, enquanto a Via Láctea se apresentasse majestosa contra o céu do outono, enquanto cada província do Japão abrigasse suas árvores e flores locais, as relações amorosas guardariam uma ancestral melancolia.

Desde criança, Nanso fora destinado, por sangue e por temperamento, a ser pintor, poeta, romancista, homem de letras. Algo relacionado às artes. Seu bisavô, ainda que médico por profissão, fora um respeitado estudioso de *kokugaku*[51], e seu avô, também médico, fora um reconhecido tankaísta satírico. Seu pai, Shuan, também estudara para ser médico, mas depois da Restauração Meiji a medicina oriental ficou totalmente desacreditada, e ele abandonara a prática sem muito remorso, já que as gerações anteriores haviam acumulado patrimônio suficiente para o seu sustento. Mudou seu nome para Shusai e começou a trabalhar como cinzelador, algo que até então fizera apenas como passatempo. Entalhava selos, carimbos e monumentos. Além do cinzel, tinha talento também para a poesia e a caligrafia, o que lhe assegurou uma boa reputação na cena cultural de Tóquio. Com o tempo, acabou acumulando uma fortuna maior do que teria se trabalhasse como médico, assegurando a seus herdeiros uma renda fixa e uma vida sem dificuldades. Morreu como um homem feliz.

Quando perdeu o pai, Nanso tinha vinte e quatro anos, e já compusera dois folhetins para jornal, no estilo de Bakin.[52] Shusai tinha muitos contatos com jornalistas e editores, o que

---

51. "Estudos nativistas". Escola nacionalista de crítica literária e filologia surgida no Japão no século XVII. Dava enfoque ao estudo de textos japoneses, em contraposição a religiões, filosofias e literaturas estrangeiras.
52. Kyokutei Bakin (1767-1848) foi um autor de narrativa de ficção dos mais populares do fim da Era Edo. Representa a arte da narrativa tradicional japonesa, em oposição aos novos gêneros ocidentalizados que surgiram na segunda metade do século XIX.

facilitou o início da carreira literária do filho. No entanto, Nanso não gostava de pertencer a clubes de escritores, como o Ken'yusha de Koyo e de Bizan. Tampouco se interessava pela "nova literatura" de autores como Tokoku, Shukotsu ou Kocho; nem saía para beber com os escritores da primeira geração da Escola de Waseda, como Shoyo e Futo. Trabalhava de forma independente, inspirando-se nos clássicos que havia na biblioteca de sua casa em Negishi. Lia os antigos chineses, os poetas japoneses, os *zuihitsu*[53] e miscelâneas da Era Edo. Buscava emular a forma de Chikamatsu, de Saikaku, de Kyoden e de Sanba. Aprendeu com eles a atitude humilde do autor de *gesaku*[54], e por mais de vinte anos escreveu suas histórias, sem nunca se entediar.

No entanto, os tempos mudam. A partir da virada do Período Meiji para Taisho, em 1912, as transformações se aceleraram, e percebiam-se novas tendências não só na vida cotidiana e nos costumes, mas também na literatura, nas artes plásticas, no teatro e até mesmo na música popular. Embora procurasse não se envolver muito com os acontecimentos do dia a dia, Nanso muitas vezes perdia a paciência com essas novidades. Por outro lado, foi justamente nessa época que ele começou a se dar conta de que não poderia

---

53. Literalmente, "ao correr do pincel". Livro contendo entradas de diário, trechos autobiográficos, crônicas, ensaios e outros tipos de textos de um mesmo autor, um gênero literário tipicamente japonês. O mais famoso *zuihitsu* é o *Livro do travesseiro*, de Sei Shonagon (séculos X-XI). A primeira página dessa obra apresenta uma descrição das quatro estações, que pode ter servido de modelo para o início deste capítulo.

54. "Obra para entretenimento". Gênero de narrativa de ficção surgido no século XVIII. Literatura popular, para as classes mais humildes.

continuar escrevendo sempre o mesmo tipo de folhetim, destinado a mulheres ou crianças. Como haviam feito Kyoden e Tanehiko no final de suas carreiras, ele começou a estudar os tempos antigos, os costumes, os comportamentos, as roupas, as ferramentas, os móveis, a arquitetura de outras épocas. Continuou a escrever suas histórias seriadas para os jornais, mas apenas o mínimo indispensável.

A casa e seu velho jardim se tornaram para ele um tesouro insubstituível. Havia cada vez mais construções novas na vizinhança, e a antiga Negishi, com seus bambuzais, ia desaparecendo. O alpendre de madeira estava cheio de cupim, mas fora ali que seu bisavô se sentara para ler os clássicos enquanto contemplava o lago e as ameixeiras em flor. Fora ali também que seu avô escrevera seus poemas *tanka*, sob a luz do luar de outono que atravessava o velho beiral já meio desabado. Essas lembranças reforçavam sua decisão de manter o jardim e a casa, por mais caro que saísse e por menos prático que fosse viver ali. O carpinteiro que vinha consertar um vazamento ou resolver algum outro problema com a estrutura de madeira sempre dizia que, por ser muito antiga, a construção não iria durar muito, e que era melhor derrubá-la e fazer uma nova. Nanso respondia com um sorriso ambíguo. Três anos antes, ele mandara refazer toda a fundação da casa, e ele mesmo supervisionara a obra, como se fosse um mestre carpinteiro. As flores e árvores do jardim também eram lembranças de um tempo passado, tendo servido de inspiração para os poemas de seus ancestrais. Para ele, eram tão importantes quanto os livros, móveis e utensílios que havia na casa. Quando chegava a primavera e o outono, Nanso fazia questão de podar ele mesmo as árvores, por receio de que o jardineiro cortasse demais os galhos.

O amor que tinha pelo lugar não se limitava a sua casa e ia além da cerca do vizinho. A casa ao lado, abandonada havia tanto tempo, desde que o bordel de Yoshiwara falira, nunca fora vendida. Alguns achavam que era assombrada, que a *oiran* que lá morrera se tornara uma mulher das neves. Outros diziam que era habitada pelos espíritos traiçoeiros de raposas e guaxinins.[55] Ninguém queria comprá-la. Já as pessoas da família de Nanso, fossem homens, mulheres ou crianças, pelo contrário, nunca acharam nada de estranho nela. Seu pai, depois de passear por toda a sua propriedade, costumava inclusive pular a cerca, para mudar de ares, e recitava poemas chineses em voz alta enquanto caminhava sob o luar ao redor do lago abandonado:

少時不識月。 呼作白玉盤。 又疑瑤臺鏡。 飛在白雲端。[56]

Quando eu era menino, não sabia da lua.
Chamava a lua de prato de opalina.
Achava que parecia um espelho precioso.
A lua que voa entre as nuvens brancas do céu.

---

55. A mulher das neves (*yukionna*) ou puta das neves (*yukijoro*) é uma assombração japonesa na forma de uma mulher muito bonita com cabelos longos e lábios azuis, que vive nas tempestades de neve e aterroriza os homens. Quanto aos espíritos traiçoeiros de raposas e guaxinins, acredita-se que eles pregam peças nos humanos.
56. Em chinês clássico no original. Trata-se de um poema de Li Bai (李白, 705--762), poeta chinês da Dinastia Tang, chamado 古朗月行 [Caminhando sob o luar].

Outras vezes, quando algum freguês ia incomodá-lo, cobrando um selo ou carimbo atrasado, era no jardim da casa vizinha que ele se escondia, enquanto a esposa e a criada andavam desesperadas atrás dele, sem saber o que dizer ao cliente.

Um dia, Shusai não aguentou mais assistir ao grande pinheiro do lago do vizinho se deteriorar sem o devido cuidado, e mandou que o seu jardineiro o podasse, mesmo sabendo que isso só beneficiaria um futuro comprador da propriedade. Outro dia, o portão com telhado de palha da entrada foi danificado em uma tempestade, e Shusai, achando que nenhum carpinteiro saberia refazê-lo, foi ele mesmo consertá-lo. Em outra ocasião, decidiu entrar na casa. Seria aquele o lugar onde a *oiran* repousara antes de morrer, onde escrevera suas cartas, onde queimara incenso? A solidão e a melancolia sugeridas pela velha estrutura abandonada tinham para ele uma beleza particular. Algumas vezes, ele ia até lá sozinho, beber seu saquê.

Não dava importância para a fama de assombrada que a casa tinha, e muitas vezes levava seus convidados para visitá-la. Um desses convidados ficou tão impressionado com a construção que decidiu comprá-la. Era o ator de kabuki Kikujo Segawa, pai adotivo do Segawa Isshi por quem Komayo era apaixonada. Kikujo, amigo de artistas como Shusai, tinha grande interesse por literatura — algo raro para um ator. Instalado na casa que um dia pertencera a um bordel de Yoshiwara, passava seus dias escrevendo poesia e praticando a cerimônia do chá, como uma maneira de descansar das tensões de sua profissão.

Quando Kikujo morreu, a viúva, uma moça muito mais jovem que ele, com quem se casara em segundas núpcias, esperou apenas o fim do primeiro ano de luto para se mudar da velha casa para uma mais nova, em Tsukiji. No entanto, a propriedade ainda pertencia aos Segawas, e no início um jardineiro ia periodicamente cuidar do jardim, para o caso de alguém da família decidir passar algum tempo lá, na primavera ou no outono.

Shusai morrera muitos anos antes de Kikujo, mas a proximidade entre as duas casas crescera devido à amizade entre Nanso e Isshi. O primeiro se tornou um crítico de teatro respeitado, e o segundo o visitava com frequência. Nanso cultivava essa amizade, pois tinha interesse em começar a escrever para o palco.

Mas, depois que a mãe adotiva de Isshi se mudou para Tsukiji, eles foram se afastando aos poucos. Para Isshi, a viagem do centro de Tóquio até ali era longa e complicada. Nanso, por sua vez, já não se interessava mais tanto pelo teatro. Se continuava a ir até a cerca para contemplar o velho jardim, era pelo prazer que sentia naquela atmosfera melancólica, que remetia a dias já passados. Não sentia falta de conversar com o jovem ator.

Com o passar dos anos, o jardim vizinho foi sendo coberto por uma espessa camada de folhas secas. No verão e no outono, o jardineiro já não podava as árvores, e ninguém se ocupava de varrer o chão. O silêncio era pontuado pelo canto dos picanços, no outono, e dos bulbuls, no inverno, igual a quando Nanso era criança e acompanhava, temeroso, o seu pai nas excursões à propriedade abandonada. Enquanto cuidava de seu jardim, às vezes olhava para o velho lago além da cerca, e concluía que a família Segawa não estava mais interessada na casa:

a deixariam ruir ou a venderiam quando a oportunidade se apresentasse.

Nanso já não tinha mais nenhuma ambição pelo sucesso no teatro, mas às vezes se via obrigado, em função de seus contatos, a escrever críticas de espetáculos para os jornais da capital. Ultimamente, vinha pensando que, na próxima vez em que fosse assistir a uma apresentação da trupe de Isshi, deveria aproveitar para renovar a amizade e indagar sobre o destino da velha casa. Talvez pudesse dizer a Segawa que, se fosse para se desfazer da propriedade, que o melhor seria vendê-la para alguém conhecido e que soubesse apreciar o seu valor. Afinal, fora seu pai quem podara o pinheiro e consertara o portão da entrada. Mas em seguida dizia para si mesmo que, fora ele, ninguém mais se interessava pelo assunto da casa. A poderosa família Date, de Sendai, por exemplo, não vendera todas as suas posses e tesouros de séculos, mesmo sem estar passando dificuldades financeiras, como se aquelas relíquias de gerações anteriores fossem mera mercadoria? A nova tendência era se desfazer desses bens de família, transformá-los em dinheiro. Por fim, Nanso desistiu de falar com Isshi. Quando passava pela cerca, pela manhã ou à tardinha, ficava apreensivo ao pensar que, mais dia, menos dia, a propriedade ao lado seria vendida e o velho pinheiro, derrubado.

Uma noite, quando se podia ouvir à janela o som da chuva tamborilando nas folhas secas dos lótus, Nanso arrumou os livros espalhados pelo escritório e guardou a papelada que estava sobre a escrivaninha. "Pronto, hora de ir dormir!" Pôs fumo no cachimbo de prata para uma última baforada e se sentou, contemplando a chuva. Estava havia algum tempo assim quando, de repente, pensou ter escutado o som de um *shamisen* que nunca ouvira antes.

Não que naquela região nunca se ouvisse alguém tocando *shamisen*. O que chamou a atenção de Nanso foi a melodia que era tocada. Uma voz sensual de mulher entoava uma narrativa que parecia ser do repertório da Escola Sonohachi. Nanso, que apreciava muito esse tipo de composição, abriu a janela redonda e levou um susto. Havia uma luz acesa na casa ao lado, que ele acreditava vazia, e a delicada canção, muito bela e triste — que ele então reconheceu como sendo *Toribeyama*, e que realmente pertencia ao repertório da Sonohachi —, enchia de tons melancólicos o jardim escuro na noite chuvosa.

Era tudo tão estranho que por um instante Nanso achou que a velha casa estaria mesmo assombrada. Se a canção fosse em outro estilo, por exemplo, *kiyomoto*, ou uma *nagauta*, ele não teria sentido aquela desolação, mesmo com a noite chuvosa. Mas o Sonohachi tem a mais sombria das tonalidades, como um sonho triste, e é usado apenas para narrativas de amores malfadados. A música parecia adequada ao fantasma da *oiran* que ali morrera. Ela provavelmente voltara naquela noite de chuva para lamentar o seu destino de alma penada.

— O chá está pronto, quer? — disse baixinho a sua esposa, ao entrar no escritório.

Nanso se virou para ela, sobressaltado:

— Ochiyo, tem alguma coisa estranha...

— O quê?

— Acho que é um fantasma...

— Ai, Nanso, não diga uma coisa dessas, credo!

— Você não está ouvindo? Ouviu? Alguém está entoando uma canção Sonohachi na casa ao lado.

Ochiyo fez uma cara de alívio.

— Isso não se faz! Você não vai me assustar com essas histórias. Eu sei mais do que você sobre esse assunto.

Nanso ficou espantado de ver que a sua esposa, que se assustava por qualquer coisinha, não dava a mínima para o que ele dissera.

— Como assim? Você sabe alguma coisa sobre esse fantasma?

— Claro que sei! Você ainda não a viu?

— Se eu a vi? Não, ainda não...

— Ela deve ter vinte e três, vinte e quatro anos... Parece jovem, mas pode ser que seja mais velha. É bochechudinha, morena, muito bonita. Tenho certeza de que você também vai achá-la bonita. É uma bela mulher, na flor da idade — e, depois de uma pausa ouvindo a música que vinha de fora: — Parece que tem uma bela voz, também. Você acha que é ela que toca o *shamisen*?

Ochiyo, mesmo sendo leiga, entendia de escolas de *shamisen* mais do que muita gueixa. Ela era filha de um pintor que por algum tempo fora muito rico, sendo criada em meio a artistas, escritores, atores e músicos de todos os tipos, que vinham a sua casa visitar seu pai. Estava havia quase vinte anos casada com Nanso, com quem tinha dois filhos. Agora, aos trinta e quatro anos, às vezes ainda era confundida com uma gueixa quando ia às compras com um penteado *ichogaeshi*. Era alegre e extrovertida, o exato oposto de Nanso, e talvez fosse justamente por isso que o casal se dava tão bem.

— Ochiyo, como é que você ficou sabendo de tudo isso? Você foi lá espionar, é?

— Não, eu tenho um motivo legítimo para saber. Mas não vou entregar quem me contou — riu um pouco e, então, disse tudo: — Hoje à tarde eu estava chegando em casa quando vi dois riquixás estacionados à frente da entrada da casa ao lado. Me virei para saber quem era e vi Isshi Segawa descer de um dos carros e, do outro, uma linda jovem, que parecia ser uma gueixa. O plano dele é perfeito! Vindo para cá, ninguém fica sabendo!

Ela deu uma leve risada.

— É, isso é verdade. Ele teve uma boa ideia... Parece que a trupe dele anda fazendo sucesso — e então foi Nanso quem riu.

— Será que ela é mesmo uma gueixa? Ou amante de alguém?

— A chuva amainou. Acenda uma lanterna de papel para mim. Vou lá ver.

— Você acha que vale a pena? — disse ela, levantando-se e dirigindo-se ao alpendre, onde achou uma lanterna que acendeu e entregou a Nanso.

— As crianças já estão dormindo?

— Sim, já faz tempo que se deitaram.

— Por que você não vem junto? Quem leva a lanterna vai à frente...

— A chuva parou bem na hora.

Ela já havia posto os *geta* de jardim e o aguardava no degrau de pedra do alpendre, segurando a lanterna.

— Parece uma cena de teatro! — riu ela. — E eu sou a fiel coadjuvante!

— Sim, à noite no jardim com uma lanterna! Que divertido! Posso não ser o jovem senhor do *Genji Junidan*[57], mas estou fazendo minha própria esposa espionar os vizinhos! Acho que nossa história está mais para uma daquelas peças melodramáticas...

Nanso deu uma gargalhada.

— Não ria tão alto, vão nos ouvir.

— Coitados dos grilos, ainda não morreram a essa altura da estação. Você está ouvindo? Ochiyo, não vá por aí, tem uma poça d'água debaixo da romãzeira. Vamos pelo outro lado, por baixo da extremosa.

Eles foram pisando sobre as pedras do caminho de jardim até chegarem ao mato que separava os dois terrenos. Ochiyo escondeu a lanterna atrás da manga do quimono, e os dois ficaram quietinhos, escutando, até que subitamente a música cessou e tudo o que se via era uma vaga luz refletida nas portas de papel do alpendre da velha casa. Não havia som de conversa ou riso, apenas a desolação da noite.

O dia seguinte amanheceu claro e ensolarado após a chuva. O vapor subia da terra úmida e do musgo dos telhados. Nanso estava ocupado plantando bulbos de narciso debaixo da ameixeira e em volta das pedras do jardim quando, de repente, teve a sensação de que estava sendo vigiado. Nesse momento, Isshi Segawa o chamou, do outro lado da cerca:

---

57. Peça para recitativo e *shamisen*. Conta a história da Princesa Joruri e do guerreiro Yoshitsune. A balada se tornou tão popular que esse gênero de recitativo passou a se chamar *joruri*. Com o tempo, o *joruri* veio a ser associado ao teatro de bonecos (hoje conhecido como *bunraku*).

— Sensei, sensei! Sempre tão atarefado!

Nanso se levantou, tirou o chapéu com a mão suja de terra, e foi até a cerca.

— Você por aqui? Mas eu nem o vi chegar! Quando chegou? Eu não sabia de nada!

— Cheguei ontem, só para descansar, não vou ficar muito. Desculpe ainda não ter passado aí para dar um alô.

— Pois venha, faz tanto tempo que não nos falamos! Minha esposa sempre fala de você. Não faça cerimônia, traga sua acompanhante, também! — e, baixinho: — Fiquei tão emocionado com a canção, ontem. Que linda voz!

— Ah, o senhor ouviu? Bem, então acho que lhe devo uma explicação...

— Gostaria muito de conhecê-la.

Nesse momento, ouviu-se alguém que chamava do alpendre da velha casa:

— Maninho, onde você está?

— Sensei, depois, com mais calma, eu explico. Na verdade, acho que preciso lhe pedir um conselho — e, com isso, dirigiu-se a casa. — Já vou! O que foi?

13

De volta para casa

Segawa só foi visitar Nanso no dia seguinte, depois que a mulher que cantava no estilo sonohachi já fora embora. Ele respondeu sem rodeios a todas as perguntas que Nanso lhe fez, e os dois conversaram sobre diversos assuntos.

— Ah, ela? É de Shinbashi. O senhor a conhece. Chama-se Komayo.

— Komayo da Obanaya? Bem que eu achei que conhecia aquela voz. Já a vi dançar mais de uma vez, mas nunca cantar no estilo sonohachi. Ela tem talento!

— Parece que andou aprendendo duas ou três canções.

— Segawa, você já está há bastante tempo com ela, não? Desde o fim do ano passado que eu venho ouvindo histórias sobre você e uma gueixa... Vai se casar com ela?

— Ultimamente até tenho pensado em me casar, mas vai ser difícil enquanto minha mãe for viva...

— Ah, é verdade. Mas você sabe o que dizem: mulher que não respeita a sogra, também não respeita o marido... Na hora de decidir, é melhor deixar a paixão de lado e pensar friamente.

— Nisso eu concordo. Mas a minha mãe, o senhor sabe, é jovem, acaba de fazer cinquenta, então não vejo como resolver o problema. Já levei Komayo para vê-la duas ou três vezes. Minha mãe disse que gostou dela, que é boazinha e bem-disposta, mas que para ser esposa de ator tem que ter mais energia e iniciativa, porque é a mulher que cuida do dinheiro, essas coisas. No final, ela disse que o casamento até poderia dar certo enquanto ela fosse viva, mas que depois ruiria, porque Komayo não parece ser uma pessoa decidida. Talvez ela tenha razão, mas acho que no fundo ela não quer é ter de pagar a dívida de Komayo. O senhor sabe como minha mãe é. Ela é de Kyoto, muito sovina. Quando o assunto é dinheiro, não tem o que a faça mudar de ideia. É como diz o ditado: "Mulher de Kyoto e cobrador, cuidado em dobro, meu senhor"...

— É, pode ser...

— Isso é tudo culpa do meu falecido pai. Não é que ele me inventa de mandar vir mulher de outro lugar? Quando a minha primeira mãe adotiva morreu, ele foi correndo buscar uma esposa nova em Kyoto. Como se aqui em Tóquio não houvesse mulheres de qualidade. Que vergonha!

— Você devia agradecer por ela não ser uma fulana qualquer. Não viu o que aconteceu com o clã dos Naritas? Todos os homens se casaram com mulheres de fora do negócio e deu no que deu. E Narita era um dos grandes nomes das artes. Um desperdício...

— Não adianta a mulher ser do ramo se ela é de Kyoto. Mulheres são todas tão... sovinas. Elas não esquecem as coisas. Fazem a gente pagar pelo resto da vida por uma bobagem qualquer.

— Mulher nunca está satisfeita.

— Nunca. Na verdade, eu cheguei a pensar em casar com Komayo justamente para não ter de ficar a toda hora ouvindo que ela abriu mão disso ou daquilo por minha causa.

— Ah, você não quer casar com ela por amor? Aí já é outra conversa.

— Não é que eu não goste dela. Também nunca fui um cliente que ela tivesse de suportar por obrigação, como parte do trabalho. Mas muitas vezes paguei pelos encontros, como se fosse um cliente. Falando sinceramente, não dá para dizer que eu esteja louco para me casar com ela...

Nanso riu.

— Que enrascada, hein?

— Bom, estou lhe contando tudo da maneira mais franca possível. Por outro lado, não pretendo ficar solteiro pelo resto da vida. Quando a oportunidade certa aparecer, posso muito bem me casar. No final do ano passado, Komayo perdeu um cliente importante por minha causa. E o tal do benfeitor, para se vingar, logo em seguida pagou a dívida de uma colega dela, Kikuchiyo, a quem deu dinheiro para que abrisse a sua própria casa de gueixas. Daí foi Komayo quem quis se vingar. Veio me dizer que eu tinha de me casar com ela, nem que fosse por três dias; que, se eu a deixasse, ela iria se suicidar com morfina. Fez um escândalo, foi um horror. Para me livrar da discussão, eu disse que devíamos esperar a cerimônia de treze anos de falecimento do meu pai, e ficou por isso mesmo.

— Isso é carma, hein? Ainda bem que não sou um homem bonito. Que horror!

— Ah, sensei, não zombe de mim. Eu não queria fazer nenhuma maldade, mas também não podia levá-la para viver na casa da minha mãe. E se eu continuasse a me encontrar com ela em casas de chá, podia prejudicar seus negócios. Então, como a casa de Negishi estava vazia, acabei decidindo trazê-la para cá, onde a gente pode ficar a sós, com tranquilidade.

— Aqui é calmo, é melhor. Estou há horas para perguntar: vocês não pensam em vender a propriedade? Vão continuar a usá-la como casa de campo?

— No momento não temos comprador em vista. Acho que vai continuar com a gente, mesmo. A minha mãe diz que, se for para entregar a casa nas mãos de uma imobiliária desonesta, é melhor não vender.

— Então é melhor não vender mesmo, ainda mais se você não precisa. O ideal é esperar até achar alguém que saiba apreciá-la. Se deixar o negócio com uma imobiliária, vão querer avaliar a propriedade por baixo. É a mesma coisa que derrubar a casa e vender só o terreno. Mas as pessoas que entendem do assunto sabem dar valor a uma casa como esta. As entradas, o pilar do *tokonoma*[58], o papel das portas de correr, tudo isso tem valor, são antiguidades. É melhor deixar do jeito que está. Essas coisas vão valorizar com o tempo.

— Se não fosse pedir muito, na verdade eu gostaria de deixar a manutenção da casa com o sensei. Minha mãe há um tempão vem me dizendo: "Quando encontrar o sensei,

---

58. Alcova da sala de visitas em estilo japonês, onde ficam expostas as obras decorativas.

peça a ele a gentileza de se encarregar da casa de Negishi", mas eu sempre me esqueço de falar com o senhor sobre isso...

— Ah, é mesmo? Pois pode deixar. Espero corresponder à sua confiança.

Nanso, entusiasmado, desviou a conversa sobre Komayo para questões de jardins, pinheiros, lagos, portões com telhado de palha... E continuou a falar por um bom tempo.

Segawa não havia planejado ficar muito por ali. Queria voltar para Tsukiji enquanto estava claro, para poder dormir o suficiente antes da estreia do dia seguinte, no teatro Shintomi. No entanto, tinha muitos assuntos para pôr em dia, de modo que acabou levando um susto quando viu que já estava anoitecendo. A esposa de Nanso serviu o jantar e ele não teve coragem de ir embora logo, de modo que já passava das oito quando finalmente conseguiu sair pela porta lateral da casa. Olhou para cima e viu o belo bambuzal balançando ao vento. O mato brilhava sob o luar, e podia-se ouvir o apito triste de um trem distante. Segawa chegou a pensar em dormir ali, pois já estava tarde, mas mudou de ideia e foi direto para a rua do trem. Enquanto esperava o vagão que vinha de Minowa, lembrou-se de Kikujo, seu pai. "Não entendo como é que pode haver gente que goste de morar num fim de mundo escuro como este. Um escritor, como Nanso, ou ainda um pintor, vá lá. Mas um ator, como o meu pai, vir morar aqui, ficar fazendo cerimônia do chá, isolado de tudo, que coisa mais excêntrica!" Pôs-se a comparar a sua personalidade com a de Kikujo, seus estilos de atuação. Pensou nas mudanças que haviam ocorrido no mundo do teatro e na sociedade desde os tempos de seu pai.

Adotado pela família Segawa, Isshi fora treinado desde pequeno para ser um *onnagata,* ator que interpreta papéis femininos. No início da carreira, no entanto, houve um período em que os jornais e revistas da capital se envolveram em uma polêmica sobre a figura da mulher no teatro, e muitos críticos passaram a defender a ideia de que, em pleno século XX, já não fazia mais sentido o bárbaro costume de se dar a atores homens os papéis femininos, e que isso fora apenas uma forma de solucionar o problema trazido pela proibição de atrizes no palco durante a Era Edo. Nessa época, de uma hora para outra e sem explicação, Isshi decidiu que não queria mais fazer papéis femininos, criando inúmeros atritos entre ele e seu pai. Chegou inclusive a pensar em largar a profissão, ou entrar para uma companhia de teatro *shinpa,* ou ainda ir morar no exterior. Mas não levou nenhuma dessas ideias adiante, pois eram ambições sem fundamento. Quando os jornais pararam de insistir na polêmica, ele esqueceu o assunto.

Tendo sido treinado desde pequeno para ser um *onnagata,* Isshi estava sempre ocupado, trabalhando aqui e ali, e com o tempo foi adquirindo uma sólida experiência e reputação, sem precisar fazer grandes esforços. A sua autoconfiança foi crescendo, e a moda de atrizes no teatro foi passando. Logo voltou à voga o argumento de que os atores homens eram mais apropriados para os papéis femininos no teatro, e novamente ele se deixou convencer pela opinião dos outros, dando-se talvez mais crédito do que de fato merecia. Tornou-se um ator arrogante, e incomodava os produtores e diretores de teatro com suas exigências.

— Vejam só! Segawa, você por aqui? Está voltando de onde?

O homem que o cumprimentou estava sentado ao lado da entrada do vagão. Devia ter uns trinta anos e vestia um *hakama*[59] de sarja, daqueles que os estudantes usam, e um chapéu Borsalino de feltro marrom.

— Yamai-san! Você está voltando de Yoshiwara? — disse Segawa, e, aproveitando que havia um assento livre, sentou-se ao seu lado.

O homem riu.

— Vamos dizer que sim. A sua estreia no Shintomi é amanhã, né?

— Sim, conto com você!

— Eu não perderia por nada — disse o homem, estendendo-lhe uma das quatro ou cinco revistas que levava debaixo do braço. — Desculpe ainda não ter lhe enviado esta revista que eu havia prometido... Pegue aqui...

Era o número de estreia da revista *VENUS,* cujo nome aparecia assim, em caracteres ocidentais maiúsculos. A publicação vinha no formato *kikuban,* de 15 x 21 cm, e trazia na capa uma mulher ocidental, nua.[60]

— Distribuição exclusivamente por assinatura. Só custa um iene por mês, e não vai estar à venda em nenhuma livraria. Pretendemos publicar apenas contos e figuras de mulheres nuas que outras revistas não aceitariam.

— Pela descrição, parece interessante...

— Este primeiro número ainda não tem muita coisa, mas agora para o segundo vamos incluir muitas fotos de nus, porque pinturas a óleo já deixaram de ser novidade...

---

59. Pantalonas largas usadas como parte de baixo do quimono.
60. Este parágrafo não constava da edição de 1918.

— Muito bom! Faço questão de assinar.

— O seu endereço, se bem me lembro, é Tsukiji 1-chome?

Ele tirou da capa uma agenda e anotou o endereço de Segawa. Kaname Yamai era um desses "artistas novos", que ficam conhecidos pelo próprio nome civil, em vez de por um pseudônimo. Não frequentara a faculdade, não fora aprendiz de ninguém, não seguira nenhuma das especialidades tradicionais das artes, mas desde os tempos de estudante já começara a publicar *tanka* e poemas inovadores em revistas do ramo. Aprendera em algum lugar, não se sabe quando, uma ou outra palavra de filosofia e crítica literária, e conseguia discorrer sobre a arte e o sentido da vida como o mais sério dos estudiosos. Depois do ensino médio, junto com dois ou três colegas, convencera um filhinho de papai nobre e burro a financiar uma nova revista de arte. Foi nas páginas dessa publicação que ele apresentou não apenas novos poemas *tanka*, como também peças de teatro, contos e novelas. Ao cabo de três ou quatro anos, tornara-se um respeitado artista.

Tinha também ambições para o teatro. Fazendo uso da reputação que possuía no mundo literário, reuniu um grupo de atrizes e montou peças estrangeiras que ele mesmo traduziu. No entanto, logo os jornais começaram a publicar insinuações de que ele estaria tendo um caso com uma das atrizes. Havia também um boato de que ele não pagava as contas e que devia para todo mundo, a começar pelos donos dos teatros onde se apresentara, passando por peruqueiros, figurinistas e marceneiros. No mundo do teatro, as pessoas tapavam o nariz quando ele passava, como se cheirasse mal; depois de algum tempo, Yamai abandonou a ribalta e voltou a se dedicar à literatura.

Yamai acabara de completar trinta anos, mas parecia um estudante de vinte e poucos. Não tinha casa nem esposa. Vivia se mudando de uma pensão a outra. Comia onde dava, à custa de expedientes e tramoias. Alguém que o observasse, certamente se preocuparia com o seu futuro, mas ele parecia não estar nem aí para nada. Não eram apenas os donos das pensões pelas quais passava que ele enganava. Pedia adiantamentos a editores, e depois não entregava o manuscrito, ou vendia a outras empresas o mesmo material já publicado. Pegava escondido o texto de um amigo e, sem mudar uma vírgula, acrescentava a um manuscrito seu, para aumentar o número de páginas e o valor da remuneração. Dava calote em restaurantes de estilo ocidental, em tabacarias, no alfaiate. Foi passando para trás as casas de chá de Shinbashi, Akasaka, Yoshicho, Yanagibashi, chegando até Yamanote, enganando quem pudesse pelo caminho. Quando as gueixas e criadas das casas que ele não pagara o viam na rua ou no teatro, em vez de correrem atrás dele para cobrar a dívida, corriam *dele*, por medo de que uma simples conversa com o caloteiro resultasse em mais prejuízo. Não se sabe quem tivera a ideia, mas quando se falava dele pelas costas, chamavam-no de Izumo Toshu — nome com sonoridade poética apropriada a um dramaturgo e, ao mesmo tempo, um trocadilho com *itsumo taosu*, "sempre dando calote".

No entanto, nem sempre se aplica o ditado: "O mundo é pequeno." É um mundo cruel, mas a vida pode ser generosa. Ainda havia muitos atores e gueixas que não consideravam Yamai perigoso e suspeito, além de pintores e escritores que, mesmo já tendo perdido dinheiro com ele, continuavam a vê-lo com olhos benevolentes. Havia inclusive quem tivesse pena dele, e os que, mesmo sabendo que ele não era confiável, gostavam de conviver ao seu lado, ainda que com um pé atrás. Afinal, ele era uma figura excepcional. Tinha sempre muitas histórias vulgares e extraordinárias para contar, pelo preço de um copo de saquê. Segawa era um dos que gostavam de Yamai, mesmo sabendo que ele era um malandro. Comprou a revista que lhe foi imposta sem reclamar, e perguntou:

— Yamai-san, tem algum filme de cinematógrafo bom em cartaz? Você ainda organiza aquelas sessões secretas, com filmes "especiais"?

— Ainda existem as sessões, mas não sou mais o encarregado — respondeu, e, lembrando-se de repente, continuou: — Mas você deve conhecer quem organiza. É o filho do dono da Obanaya, de Shinbashi.

— O filho do dono da Obanaya? Não, não conheço. Eu conheci o falecido filho do dono, o ator Raishichi Ichikawa, mas não sabia que ele tinha irmãos.

— É o irmão mais novo de Raishichi. Ele é filho de sangue do dono da Obanaya, mas parece que algum tempo atrás foi deserdado pelos pais e expulso de casa. É novo ainda, tem vinte e um, vinte e dois anos de idade. É um gênio da indecência. Eu não chego aos pés do talento desse rapaz para o vício.

E Yamai se pôs a contar a longa história do segundo filho de Gozan.

14

Asakusa[61]

Na verdade, ele conhecera o filho do dono da Obanaya havia algum tempo, em um boteco de má reputação de Senzoku, em Asakusa.

Por hábito, ao sair de um teatro ou de um restaurante, Yamai não conseguia ir direto para casa. Mesmo se estivesse trabalhando, quando chegava a hora de voltar para a pensão ele precisava antes caminhar sem rumo pelas ruas, explorando algum bairro da luz vermelha. Depois que todas as casas de chá lhe fecharam as portas devido aos calotes, quando não lhe restava sequer o dinheiro para o riquixá até Yoshiwara ou Susaki, não se importava de passar a noite no bordel mais vagabundo que encontrasse pela frente. Muitas vezes, arrependia-se na manhã seguinte, mas uma vida inteira de devassidão criara nele uma patologia do sexo. Não tinha mais a disciplina ou a força de vontade necessárias para controlar os desejos do corpo. Descrevia as emoções e

---

61. Bairro ao norte de Shinbashi. Na época desta história, era considerado a área de entretenimento popular, com bares, restaurantes, teatros, cinemas, etc.

fraquezas que sentia em poemas *tanka* no estilo moderno, com nomes impressionantes, como "A tristeza da carne" ou "Beijos de fel", que ele não teve vergonha de publicar na forma de uma antologia intitulada *As verdadeiras confissões de uma vida*. Por sorte, a crítica, sempre em busca de novidades, fora muito receptiva com relação ao seu trabalho, proclamando-o "o verdadeiro novo poeta, Kaname Yamai", ou ainda "o Verlaine japonês". Quando estava muito bêbado, até ele acreditava nesses epítetos. Sempre em busca de reconhecimento artístico, e acreditando que a depravação era necessária à sua criatividade, forçava-se cada vez mais a afundar em uma vida decadente.

Como estudara apenas até o ensino médio, formando-se com notas ruins, o seu conhecimento de línguas estrangeiras deixava muito a desejar. Mas, em seu delírio, às vezes achava que estava se tornando um escritor ocidental. Quando havia dois ou três anos descobrira que tinha sífilis, e lhe saíram ínguas dos dois lados, lembrou-se de que tinha lido em algum lugar que o grande escritor francês Guy de Maupassant enlouquecera devido à mesma doença. Ao pensar que ele e uma pessoa tão importante haviam sido vítimas da mesma enfermidade terrível, ainda que estivesse mergulhado na mais abjeta tristeza, tomado por terror e vergonha, sentiu crescer dentro de si uma exaltação artística incontrolável, e num frenesi compôs dezenas de *tanka*, que publicou num livrinho intitulado *Iodofórmio*. As vendas foram boas e, com o dinheiro, Yamai pôde pagar os remédios e o hospital — um dos poucos exemplos de uma dívida que honrou.

Em frente a uma fossa a céu aberto localizada depois do parque de Asakusa, atrás da Casa Hanayashiki, havia um boteco chamado Tsurubishi. Às vezes, quando Yamai não tinha nem dinheiro para ir a uma casa de chá nem energia para ir até Yoshiwara ou Susaki, ele passava a noite por ali mesmo. A dona, uma mulher de vinte e três, vinte e quatro anos, chamava-se Osai, e era mais bonita do que o ambiente ao seu redor permitiria prever. Era alta, tinha uma pele boa e lindos cabelos. Os olhos eram brilhantes e as sobrancelhas expressivas, o que compensava o nariz pequeno e a boca sem graça. Certa vez, Yamai estava passando por aquela ruazinha quando alguém o chamou:

— Vem cá! Vem! O senhor aí, de óculos!

Vista na janela por entre as varetas da cortina, Osai até parecia uma gueixa. Estava com um penteado *ichogaeshi*, e o tecido de seu casaco possuía uma estampa delicada. Ao vê-la assim, Yamai pensou ter descoberto uma raridade. Ela cobrava um iene se fosse "só um pouquinho"; para passar a noite, três ienes. Ele entrou em um instante e nem tentou pechinchar; no dia seguinte, pagou-lhe até um prato de *yanagawa*[62] antes de voltar para a pensão. Depois de ir ao Tsurubishi umas três ou quatro vezes, já se sentia meio íntimo da casa.

Uma manhã, voltando de Yoshiwara, decidiu ir até lá para tomar um copo de saquê. Foi andando pela rua, um pouco sem rumo, até se aproximar do bar. De longe, enxergou Osai, vestida num quimono de dormir, sem roupa de baixo, o *obi* desfeito, do lado da porta de entrada, assando um peixe seco — provavelmente, uma cavala —

---

62. Prato típico da cidade de Yanagawa, que consiste em enguia cozida com ovo, cebola e outros condimentos.

no fogareiro. Sentado no bar diante de uma mesa baixa de pernas curvas, como as de um gato, havia um jovem de vinte e um, vinte e dois anos, bonito, pele clara, vestindo um quimono forrado de tecido barato, marrom quadriculado, bebendo saquê. Assim que viu Yamai, Osai veio apressada em sua direção, e se jogou em seu pescoço.

— Já faz muito tempo que você não vem, meu amo! Você me maltrata passando tanto tempo sem vir. Senta, senta aí. Vou lhe servir uma bebida.

Ela o forçou a se sentar à mesa de pernas curvas. Foi então que percebeu que o rapaz de pele clara havia desaparecido sem deixar rastro. Não era por estar apaixonado que ele ia ao Tsurubishi a toda hora, mas, dessa vez, ficou com uma impressão esquisita, e perguntou a Osai o que ocorrera com o cliente que estava ali antes.

— Ele? Não é cliente. É meu irmão mais novo.

Dizendo isso, começou a se esfregar nele de um jeito mais lascivo do que o de costume, e o arrastou para o andar de cima — se é que se podia chamar aquilo de andar de cima. O casebre tinha só o piso térreo, mas no espaço acima do forro do teto havia três tatames, e as paredes e o avesso do telhado haviam sido forrados com bastante papel para que não caísse cocô de rato nem entrasse fuligem naquela espécie de cubículo secreto de cinco metros quadrados.

Yamai remexeu as moedas de bronze e de prata que haviam sobrado da noitada anterior, e, depois de algum tempo contando, conseguiu juntar um iene, que entregou a Osai. Saiu meio escondido, como se estivesse fugindo de alguém. No entanto, ao ver a luz do dia, sentiu-se completamente diferente, como o miserável que, ao encher a pança, esquece a fome de há pouco. Se alguém o visse naquele instante, jamais seria capaz de dizer que ele acabara de comprar, por um iene, reunido a custo com os trocados do bolso, uma puta do mais baixo nível.

Saiu passeando sob as árvores do parque de Asakusa, a bengala debaixo do braço, até chegar diante do Sensoji.[63] Acendeu um cigarro e ficou contemplando aquela enorme estrutura, sentindo-se um grande artista. Não que estivesse fazendo "pose de escritor" — era sério demais para isso. É que acabara de se lembrar de uma resenha do romance *A Catedral*, de Vicente Blasco Ibáñez, o "Zola da Espanha", que lera em alguma revista. O livro tinha por eixo a Catedral de Toledo, e descrevia as vidas das pessoas que moravam no seu entorno. Yamai logo pensou: "E se eu escrevesse um longo romance e fizesse a mesma coisa, mudando o cenário de Toledo para Asakusa, com personagens que moram nos arredores do Templo de Kannon?" Ele sempre lia as resenhas de livros ocidentais nas revistas atrás de inspiração. Tinha um talento especial para usar essas ideias como se fossem suas, mesmo sem ler os romances cujos enredos copiava. Não lia porque não tinha instrução suficiente para entender línguas estrangeiras, mas, por outro lado, dessa maneira não podia ser acusado de plágio, nem tinha a sua imaginação tolhida diante da obra original.

Ficou contemplando absorto o Templo de Kannon até quase terminar o cigarro, quando de repente ouviu alguém chamar:

---
63. Fundado em 628, é um dos templos budistas mais conhecidos e visitados do mundo, e o mais antigo de Tóquio. Fica no centro do bairro de Asakusa, e é dedicado à *bodhisattva* Kannon (Avalokite vara).

— Yamai-sensei!

Ele se virou, espantado, e o espanto ficou ainda maior quando viu quem era. Por um instante, sentiu medo. Era o jovem de pele clara que havia pouco estava no Tsurubishi, comendo peixe assado com Osai.

— O que você quer? Você me conhece? — perguntou, olhando nervosamente para todos os lados.

— Sensei, desculpe tê-lo assustado — disse o jovem, curvando-se diversas vezes. — Eu sou o autor daquele texto... da revista _____ ... Sabe, o que ganhou aquele concurso de que o senhor foi jurado no ano passado? Sempre sonhei em conhecê-lo...

Um pouco mais calmo, Yamai se sentou em um banco ali perto. E foi então que o jovem lhe explicou que se chamava Takijiro e que era o filho mais novo do dono da Obanaya.

Até o outono de seus treze anos, Takijiro viveu em Shinbashi, na Casa Obanaya, com seu pai, o contador de histórias Gozan, e sua mãe, a gueixa Jukichi. Quando ele terminou o ensino fundamental, seu pai achou que não ficava bem para um menino continuar morando em uma casa de gueixas, e sua mãe foi obrigada a concordar. Depois de consultarem alguns dos seus clientes, decidiram que o mandariam para a casa do Doutor Sicrano, um advogado com pós-graduação em ciências jurídicas que por anos contratara Jukichi para acompanhá-lo ao *shamisen* em canções do repertório da escola Itchu. Em troca da moradia, ele teria de realizar serviços domésticos, assim como os outros estudantes que já viviam na casa do jurista. Quando começaram as suas aulas na nova escola, ele já estava instalado na enorme mansão, localizada em Surugadai.

A sua ida para a casa do advogado, no entanto, fora um erro — pelo qual ele provavelmente pagaria por toda a vida. Gozan decidira tirá-lo de casa porque achava que um lugar cheio de gueixas não era ambiente para um rapazinho que precisava se dedicar aos estudos. No entanto, teria sido muito melhor se ele houvesse ficado com a mãe e o pai. Afinal, mesmo depois de viver por tantos anos em Shinbashi, Gozan continuava a observar o estrito código de ética dos samurais com que fora criado. Anos depois, tanto Gozan quanto Jukichi se arrependeriam de não o terem mantido em casa — mas já era tarde demais, ou, como diz o ditado, "não adiantava chorar o leite derramado".

Durante os primeiros dois anos na casa do Doutor Advogado, até completar quinze anos, Takijiro viveu para os estudos. Ia à escola, fazia o serviço de casa e se trancava em seu quartinho com os livros. Nessa época, a esposa do doutor descobriu que tinha uma doença cardíaca e, levando consigo a única filha, foi morar na casa de campo da família, em Omori. O Doutor Advogado, é claro, ia com frequência para lá, para ficar com elas, e a casa da cidade acabou se tornando um escritório, ao qual ele chegava de tarde e ficava só até o fim do expediente. No resto do tempo, a mansão ficava entregue aos estudantes e criadas. Os piores eram os estudantes de direito, que faziam jus à má fama que têm. Sempre que o patrão saía, cinco ou seis se juntavam no quarto de um deles e ficavam até altas horas no carteado. Estavam sempre tentando levar as criadas e as cozinheiras para a cama, e quando conseguiam, havia sempre um invejoso que entrava no quarto no meio da noite para atrapalhar. Os que ganhavam dinheiro no carteado iam a Yoshiwara, Susaki, Asakusa, Gundai, e aos bordéis de Hamacho ou Kakigara, em busca de mulheres que não cobrassem caro.

No início, Takijiro não gostava dessas atividades, tinha medo, chorava quando era forçado a sair com os outros. Mas a sua relutância não durou muito, e, um ano depois, já se tornara um verdadeiro delinquente juvenil. Não conseguia ficar em casa depois do anoitecer. Saía pela vizinhança atrás de mulher, incomodando as criadas, as esposas e as filhas dos comerciantes, do geleiro, do açougueiro, do dono da tabacaria, de quem quer que fosse. Em casa, competia com os outros pelos favores das criadas, e no bonde para o colégio molestava as colegas. Até que, numa noite em que convencera a filha do dono da tabacaria a ir com ele atrás do Santuário de Kanda, foi pego por um policial durante uma blitz em busca de menores infratores e acabou preso. A ocorrência foi, como de praxe, comunicada à escola. Expulsaram Takijiro e o Doutor Advogado o convidou a se retirar de sua casa.

Quando soube disso, seu pai ficou furioso, em chamas, e a mãe se pôs a chorar e repetir, soluçando:

— Que vergonha, que vergonha, que vergonha...

Gozan o trouxe de volta para viver na Obanaya, e o proibiu de sair de casa. Mas Takijiro não era mais a criança obediente de três anos antes; além do quê, não havia ninguém que o vigiasse durante o dia. O seu pai saía todas as tardes para se apresentar na matinê, levando consigo a grande sacola com seu *haori* de cena e o leque que batia no púlpito para chamar a atenção da plateia. Voltava à tardinha, mas em seguida saía de novo, para o espetáculo da noite. Muitas vezes ia direto de uma sessão à outra e nem voltava para casa. A gueixa Jukichi também tinha compromissos profissionais todos os dias. O irmão mais velho, Raishichi, ainda vivo nessa época, saía de manhã e ficava na casa de seu professor até depois das dez da noite.

As pessoas acham que casa de gueixa é uma bagunça, mas basta entrar para ver: a começar pelo patrão e pela patroa, passando pelas gueixas, atendentes, criadas e cozinheiras, todo mundo está sempre ocupado com alguma tarefa. Jukichi muitas vezes ficava fora até meia-noite, uma da madrugada, atendendo, e, mesmo assim, de manhã cedo já estava acordada para não se atrasar para o ensaio. Ela tinha aulas com professores de todos os estilos: Tokiwazu, Kiyomoto, Itchu, Kato, Sonohachi, Ogie e Utazawa. De volta a casa, ainda tinha de ensinar as aprendizes. As outras gueixas também precisavam de sua ajuda para arrumar um quimono ou para dar um conselho, ou para alguma outra coisa que sempre surgia. Era ela também quem chamava gueixas de outras casas quando havia um compromisso que exigisse um grande número de músicos. Finalmente, como uma das figuras de autoridade do bairro das gueixas, ela tinha também de auxiliar na preparação das apresentações sazonais. Ao término do dia, mal havia tempo para tomar banho e arrumar o cabelo; logo era hora do jantar e, depois, já tinha de sair. As outras gueixas também tinham muitas tarefas, e a atendente da recepção precisava cuidar da contabilidade, atender ao telefone e ajudar as gueixas com os quimonos e outros acessórios — o que já era trabalho suficiente para duas pessoas. As criadas e cozinheiras também não tinham tempo para nada, cozinhando, lavando roupa e aquecendo o banho de toda essa gente.

Ainda por cima, Gozan era um patrão tão exigente, criticava tanto os empregados, que ganhara o apelido de Kobei Xingador, inspirado no personagem de uma de suas histórias. Em toda Shinbashi, talvez aquela fosse a casa que melhor funcionasse, sempre arrumada e limpa. A educação musical das gueixas da Obanaya também era considerada exemplar, e o treinamento e a disciplina tão rigorosos como os exigidos no kendô. Comentava-se que isso se devia à personalidade de Gozan, um perfeccionista obsessivo que não gostava de moleza e não fazia nada pela metade. Dos contadores de histórias mais velhos, ele era o único que não tinha aprendizes, devido à sua fama de ser excessivamente severo. Também com as gueixas de sua casa, o nível de exigência era tão alto que elas tinham de seguir um regime de ensaios idêntico ao de músicos profissionais. Nem a música dos outros escapava de seu escrutínio: se, trazido pelo vento, chegasse aos seus ouvidos o som das cordas de um *shamisen* sendo massacradas por alguma gueixa que ensaiava em outra casa, levantava a sobrancelha e resmungava:

— Mas o que é esse assombro?

Outras vezes emitia máximas sobre a profissão:

— As gueixas e os atores são as flores do mundo. Quando uma gueixa abre a porta de casa e sai para a rua, ela deve estar impecável, acima de qualquer crítica. Se uma gueixa for vista por aí desleixada, será uma vergonha para toda a vida. A roupa de baixo deve ser nova e limpa, e isso é mais importante do que um quimono bonito ou acessórios caros.

Por sorte, Jukichi, sua esposa, era paciente, afetuosa e gentil, e estava sempre tentando suavizar as extravagantes observações do marido. Assim, esforçando-se em acalmar os ânimos tanto das gueixas como do resto de sua equipe, ela conseguia manter a casa em harmonia.

Em meio a toda essa atividade, Takijiro ficava sozinho num canto, entre jornais e revistas jogados pelo chão. Fora ler e bocejar, não tinha nada para fazer. Ainda não possuía idade para servir o exército, mas Gozan acreditava que ele podia se reerguer e descobrir algo de útil para fazer na vida. Achava que, como pai, tinha obrigação de repreendê-lo de vez em quando. À escola não podia voltar, já que havia sido expulso. Gozan procurou por toda parte algum comerciante que quisesse contratá-lo como aprendiz, porém, quando descobriam que ele não apenas fora criado numa casa de gueixas, como havia sido expulso do colégio, ia tudo por água abaixo. Jukichi, angustiada, sugeriu que talvez Takijiro tivesse puxado ao pai, possuindo algum talento para o teatro, a música ou outro tipo de arte — mesmo sabendo que ele já havia passado da idade de começar a aprender uma habilidade dessas.

De todo modo, em primeiro lugar seria necessário descobrir para que tipo de arte Takijiro teria talento. O seu irmão mais velho já trabalhava no teatro, e seria humilhante começar à sua sombra, ainda mais tão tarde na vida. Ele não queria ser aprendiz de Gozan, pois imaginava, não sem razão, que seria impossível suportar os xingamentos do pai misturados aos rigores do mestre. Era ainda velho demais para o *shamisen*, não se interessava pelo "novo teatro" e não queria ser humorista. Lia tantos jornais e revistas que por algum tempo pensou em se tornar escritor, mas não fazia a mínima ideia de como se começava nessa profissão, e logo esse desejo também se dissipou como fumaça. Depois de algum tempo sofrendo por não saber o que fazer, foi aceito por um corretor para trabalhar como seu aprendiz, e se mudou para o novo emprego na esperança de que isso o ajudasse a recuperar alguma vontade de viver.

Trabalhou exemplarmente por seis meses, até o dia em que roubou uma pequena quantia do patrão para pagar uma prostituta de Kakigara. Foi logo descoberto, e demitido. De volta a Shinbashi, Takijiro, desesperado, não aguentou por muito tempo a convivência sufocante com os pais. Ao cabo de três dias, aproveitando que estava sozinho em casa à tarde, furtou uns quimonos e acessórios de sua mãe e das outras gueixas e desapareceu.

15

A Casa Gishun

Yamai se alongou tanto na história de Takijiro que ainda não havia chegado ao fim quando o trem parou em Ginza. Segawa se levantou para descer, e Yamai o seguiu. O ator se dirigiu à parada de bonde em frente à relojoaria Hattori e ficou esperando o próximo coletivo. Olhou para o lado e notou Yamai ali, ao seu lado.

— Para onde você vai? — perguntou Segawa.

— Eu vivo em Shibashirokane.

— Tem certeza de que está na parada certa?

— Não, eu normalmente faço a baldeação em Kanasugi — respondeu Yamai, aproximando-se mais de Segawa. — Que horas são? Ainda não é cedo para voltar para casa?

— Quase dez horas — disse Segawa, conferindo se o horário em seu relógio de ouro coincidia com o dos modelos da vitrine da relojoaria.

— O que você acha de ir a Shinbashi? Faz muito tempo que não vou lá... — disse Yamai.

A essa altura, dois bondes já haviam passado, e Yamai não dera o menor sinal de que pegaria algum deles. Foi só então que Segawa se deu conta das intenções de Yamai: ele queria ser levado a algum lugar, e que Segawa pagasse a conta. "Mas que sujeitinho safado", pensou. Porém, ficou com pena de se fazer de desentendido e abandoná-lo ali, daquele jeito. No espírito de "Faça o bem sem olhar a quem", concluiu que um copo de saquê não faria mal a ninguém.

— Você não está cansado da longa viagem? Que tal descansar um pouquinho em algum lugar?

Nem esperou uma resposta. Já foi atravessando a rua, passando pelos trilhos com o outro correndo atrás. Yamai sorria sem tirar os olhos de Segawa, como se tivesse receio de que ele fugisse ou que fosse atropelado. Quando via um automóvel se aproximar, gritava:

— Cuidado! Olha o carro!

Segawa continuava seguindo em frente, a passos rápidos, em direção ao Lion.[64] Lá pelas tantas, virou-se para trás e perguntou:

— Yamai-san, não tem um lugar aonde você costuma ir?

— Não é que não tenha, mas acho que você não vai gostar. São bares sujos, de má reputação. Quem sabe você nos leva ao seu bar preferido? Eu juro que guardo segredo! — respondeu, rindo.

Segawa desacelerou o passo, como se não soubesse aonde ir, e inclinou a cabeça para o lado. Assim que passaram pela ponte Mihara, ele pareceu se resignar com alguma coisa, e disse:

— Bem, o lugar aonde eu costumo ir também não é fino, mas às vezes um ambiente menos sofisticado é melhor para se divertir...

---

64. Lion Beer Hall de Ginza, fundado em 1899 e ainda em atividade.

Foi com Yamai até a casa de chá de sempre, a Gishun. Omaki, a criada, levou-os à primeira sala do andar de cima. Ajoelhou-se, fez uma reverência, e então se dirigiu a Segawa, em um tom familiar:

— Ligaram há pouco, viu?
— Quem?
— Até parece que não sabe. Vou avisá-la — respondeu, levantando-se.
— Ei, volte aqui! Tudo bem, pode chamar Komayo, mas mande vir mais uma com ela.
— Quem devo chamar? — perguntou a criada, voltando a se sentar, dirigindo-se a Segawa e Yamai.
— Yamai, alguma preferência?
— Deixe Komayo vir primeiro, depois a gente decide. Mas antes, saquê!
— Claro, senhor, é pra já — disse Omaki, retirando-se.
— Gueixa é um bicho esquisito. Se a gente chama duas inimigas para o mesmo compromisso, a coisa pega fogo — disse Yamai, acomodando-se em posição *agura*[65] e apoiando os cotovelos sobre a mesa de sândalo rosa.
— As mulheres são todas muito teimosas.
— É o tal do "orgulho feminino" — comentou Yamai, mordiscando um biscoito que pegara da tigela sobre a mesa. — Falando nisso, Segawa, o boato que corre por aí é que você vai se casar. É verdade?
— Casar? Com Komayo?
— Isso, com Komayo. É só o que se fala.
— Sério? É isso que andam dizendo? Que saco!

---

65. A posição *agura* é mais informal e confortável.

— Que saco nada, você não gosta dela? Não está feliz?

— Não tenho muita experiência nesse ramo, mas tudo indica que casamento não é uma coisa muito divertida. Até gostaria de continuar solteiro por mais um tempo. Não é que eu não goste dela, a questão não é essa... — justificou-se Segawa.

Yamai concordava que o casamento não era das coisas mais prazerosas do mundo. Além disso, era um estado incompatível com a vida de liberdades que levava.

— Se você não quer se casar agora, case-se quando bem entender. Não há razão para pressa. Mas todo mundo tem que se casar algum dia. Faz parte das experiências de vida.

A criada entrou, trazendo saquê e petiscos.

— Komayo-san ligou e mandou dizer que chega em trinta minutos.

— Os "trinta minutos" de Komayo são uma hora e meia, na verdade. Já que ela vai demorar, Omaki, você poderia chamar outra gueixa que consiga vir imediatamente? Não essas gueixas de Shinbashi, que nos deixam plantados por um século, esperando...

— O pior é que mesmo quando demoram um século para aparecer logo recebem um telefonema e têm de ir a algum outro lugar... — observou Yamai, dando uma gargalhada.

Ele era uma espécie de expert no assunto, já que conhecera praticamente todas as casas de Shinbashi quando ainda não tinha a fama ratificada de caloteiro.

— O pior é que é assim mesmo — disse Omaki, suspirando. E então, lembrando-se de algo: — Por falar nisso, tem uma gueixa nova que acabou de começar. O que acham?

Ela é cheinha, tem a pele branca, bem bonita — deu uma risada tímida. — Dizem que foi casada com um médico rico!
— Mas que estranho... Por que será que virou gueixa?
— Bom, pelo que dizem, não sei se é verdade, parece que ela inventou que queria ser gueixa para ver como é, e não descansou até realizar o desejo.
— É mesmo? Agora fiquei curioso. Yamai, o que você acha? Isso aí é o que chamam de "a nova mulher emancipada"? — perguntou Segawa, sério.
— É... acho que sim. Eu não ficaria espantado se a maioria das mulheres que me pedem para ler e corrigir os seus poemas virasse gueixa um dia.
— Ah, que inveja de vocês, escritores! Não estão presos a horários e, quando saem para se divertir, não chamam a atenção e podem fazer o que quiser. Mas se nós, atores, fazemos uma coisa dessas, sempre tem alguém que nos reconhece. Eu não posso me permitir grandes diversões assim, e isso é bem chato.
— Bom, em compensação, vocês, atores, são sempre bem recebidos onde quer que seja, enquanto nós, escritores, sempre corremos o risco de ser esnobados...
— Mas nem sempre os atores escapam de uma esnobada... — e os dois caíram na gargalhada.
Então, a porta se abriu silenciosamente, revelando o penteado em coque de uma gueixa que fazia uma reverência. Era a tal novata de quem Omaki falara. Vestia um quimono *montsuki* com gola branca e desenhos nas mangas. Devia ter uns vinte anos. Tinha cabelo liso, sobrancelhas grossas e olhos negros e grandes. A testa larga e o queixo pequeno davam ao seu rosto um formato arredondado. O seu

corpo cheio e suas mãos grandes não ficavam muito bem no quimono de novata; além disso, o penteado estava meio esquisito, e a maquiagem, exageradamente espessa. No entanto, foi justamente o aspecto atípico para uma gueixa que atraiu o olhar dos dois homens. Não era tímida: quando Yamai lhe ofereceu uma taça de saquê, ela aceitou sem cerimônia.

— Estou um pouco sem fôlego, pois vim correndo... — disse, e bebeu todo o saquê. — *Thank you* — agradeceu, devolvendo a taça a Yamai. Tinha um sotaque difícil de identificar.

— Como você se chama?

— Ranka, "orquídea".

— Ranka? Parece nome de chinesa. Por que não escolheu algo mais chique?

— Eu queria que fosse Sumire, "violeta". Mas parece já existe uma Sumire...

— Onde você trabalha? Em Yoshicho, em Yanagibashi?

— Claro que não, oras — respondeu, elevando o tom. O sotaque pareceu ainda mais forte. — Esta é a minha primeira vez como gueixa — completou, ofendida.

— E antes, o que fazia? Era atriz?

— Não, bem que eu queria. Se eu não der certo como gueixa, acho que vou tentar ser atriz.

Os dois homens trocaram olhares. Segawa não conseguiu se conter e caiu na gargalhada.

— Que mal lhe pergunte, "senhorita Orquídea", se a senhorita fosse atriz, que papel gostaria de fazer?

Ranka respondeu, séria:

— Eu? Ah, se eu pudesse, queria ser Julieta, claro. Daquela peça do Sheiquispíri, sabe? Aquela que tem a cena da janela com Romeu. E tem aquela outra cena em que eles se dão um *kiss* e o passarinho canta. Ai, acho tão lindo! Não gosto daquela peça de Sumako Matsui, aquela *Salomé*.[66] Que pouca-vergonha! Ela anda pelada pelo palco! Ou aquilo é uma malha imitando pele?

Segawa estava tão impressionado que não sabia o que dizer. Mas Yamai, que era mais despachado e já havia bebido bastante a essa altura, perguntou, feliz da vida:

— Senhorita Ranka, acho um desperdício a senhorita se tornar gueixa. Melhor ser atriz de uma vez! Eu me disponho a ajudar naquilo que puder. Também sou artista, sabe?

— É mesmo? O senhor é um honorável homem das artes? Se me permite a indiscrição, posso saber qual é a sua graça?

— A minha? Eu me chamo Kaname Yamai.

— Oh! Yamai-sensei! Não pode ser! Eu tenho todos os seus livros de poesia!

— Não diga! — disse Yamai, cada vez mais entusiasmado. — Aposto como a senhorita também é poetisa! Recite um de seus poemas para nós, por favor!

— Não, eu não escrevo, acho muito difícil. Mas quando se está agoniada, nada como uma poesia para nos consolar...

Segawa estava tão espantado com tudo aquilo que não dizia nada. Só conseguia observar Yamai e Ranka, em meio à nuvem de fumaça de seu cigarro.

---

66. A atriz Sumako Matsui (1886-1919) pertencia à trupe de *shinpa* de Shoyo Tsubouchi. Uma das atrizes mais importantes do início do século XX. Em 1913, estreou no papel principal de *Salomé*, de Oscar Wilde, gerando um *succès de scandale* devido ao seu figurino, que deixava entrever um pedaço de sua barriga e tinha um decote pronunciado.

16

A estreia (primeira parte)

A estreia no Teatro Shintomi foi, como de praxe, à uma da tarde. O programa começava com a cena do "Ikebana" do *Ehon Taikoki*, seguida pelo décimo ato da mesma peça. Juzo Ichiyama sempre apresentava esses dois números, pois fora graças a eles que, ainda na época em que era ator mirim, adquirira a reputação de grande nome do kabuki. A novidade era Isshi Segawa, que normalmente se apresentava como *onnagata*, também no papel masculino de Jujiro. O terceiro número, *A travessia do Lago Biwa*, não tinha nada a ver com a peça anterior. Fazia uso de cenários em *trompe l'œil*, no estilo dos filmes de cinematógrafo, e sempre impressionava muito a plateia. Em seguida, vinha a cena dos "Fogos de raposa" da peça *Nijushiko*. O último número tinha como ator principal Kichimatsu Sodezaki, de Osaka, no papel de Jihei Kamiya. Como no dia da estreia as entradas eram mais baratas, custando apenas cinquenta centavos, o público lotara o teatro de cima a baixo, mesmo sabendo que as trocas de cena seriam demoradas e que não haveria esquetes curtos entre um número e outro. Havia sinais de "ingressos esgotados" tanto na porta do teatro quanto nas casas de chá do bairro que vendiam entradas.

Ouviu-se o tambor anunciando o início do espetáculo. A essa altura, Komayo já havia dado gorjetas a três ou quatro atendentes, e uma gratificação especial a Tsunakichi, o atendente de Segawa. Também dera uma quantia ao camareiro e ao guarda-costas, para que a deixassem entrar e sair dos bastidores como se fosse esposa de algum ator. Havia juntado dinheiro entre os conhecidos de Shinbashi para presentear Segawa com uma cortina, em comemoração por seu papel masculino. Então, para que a cortina fosse instalada no teatro, também precisou molhar a mão dos carpinteiros e contrarregras.

Komayo estava instalada no terceiro camarote à direita do nicho da codorna, junto com sua colega Hanasuke. A cena do "Ikebana" estava chegando ao fim. Ela olhou para a plateia: a casa estava cheia. "O teatro está assim por causa de um homem: Isshi Segawa. E esse homem ama uma mulher: eu. Ah, que felicidade." Em seguida, porém, ao pensar que não tinha a menor ideia de quando eles finalmente se casariam, sentiu tristeza e desesperança.

— Komayo-san, obrigado por tudo — era Kikuhachi, o antigo aprendiz do pai de Isshi, que aparecera à porta do camarim com seu rosto enrugado, fazendo uma reverência. Atrás dele, no corredor, ouvia-se o burburinho dos retardatários. — O mestre acabou de chegar.

— É mesmo? Muito obrigada — disse Komayo, guardando sua cigarreira dentro do *obi*. — Hanasuke, o maninho chegou, vamos lá no camarim falar com ele enquanto dá?

Hanasuke obedeceu sem retrucar. Kikuhachi foi à frente. Eles iam passar pela porta que leva ao porão do teatro, sob o palco, quando uma voz chamou:

— Komayo-san! — era um homem baixo, vestido à moda ocidental.

— Mas se não é o senhor Yamai! E como foi ontem à noite? Deu tudo certo?

— Sim, tudo ótimo. Que gueixa!

— Sim, fiquei impressionada. Quero que me conte tudo, hein?

Komayo conhecera Yamai na noite anterior, mas fazia questão de tratá-lo como um velho amigo. Procurava ser sempre simpática com os amigos de Segawa, pois acreditava que assim ganharia aliados. Ao verem como ela o tratava bem, tomariam partido a favor do casamento, e poderiam influenciar a decisão do ator. Ao saber que Yamai era escritor, Komayo teve certeza de que ele seria simpático à sua causa. Estava até mesmo disposta a lhe oferecer uma noite ou duas de cortesia. Komayo era uma gueixa ingênua, e acreditava que, assim como os advogados ganham a vida com as leis, os escritores ganhavam a vida escrevendo sobre os sentimentos das pessoas. Em seu raciocínio arbitrário, achava que alguém que escrevesse sobre sentimentos certamente compreenderia os problemas pelos quais ela estava passando e sem dúvida estaria disposto a ajudá-la.

Yamai seguiu Komayo em direção ao porão.

— Na verdade, eu queria justamente falar com Segawa para lhe contar sobre ontem à noite.

O porão era escuro, iluminado aqui e ali por lampiões. O grupo passou por baixo do palco e emergiu do outro lado. As coxias estavam em polvorosa, como acontece em dia de estreia, e viam-se contrarregras por toda parte, correndo para cima e para baixo, alguns em uniformes negros e outros de quimono arregaçado. Komayo pegou Hanasuke pela mão e se dirigiu a uma porta à esquerda da escada. Acima da entrada, havia uma placa com o nome de Segawa. A porta se abriu, revelando o interior do camarim. Havia uma antessala com piso de tábua e depois um quarto de cinco metros quadrados, com três tatames no chão. Tsunakichi estava fervendo água em um fogareiro, em um canto da entrada. Ao vê-las, saudou-as com uma reverência e imediatamente dispôs as almofadas no tatame para que elas se acomodassem. A gorjeta fizera efeito.

Segawa estava sentado em uma almofada de cetim achamalotado escarlate diante de uma penteadeira de laca vermelha, e vestia um quimono acolchoado de seda listrada e um *obi* fininho. Enquanto dissolvia o pó de arroz para pintar o rosto, dirigiu-se a Yamai, primeiro:

— Peço desculpas por ontem — e, em seguida, disse a Hanasuke, com delicadeza: — Por favor, sente-se.

— Sente-se, Hanasuke — reforçou Komayo, indicando uma das almofadas.

Hanasuke não quis a almofada, preferindo se sentar direto no tatame, em um canto. Tsunakichi trouxe o chá e Komayo fez questão de se comportar como uma esposa que recebe convidados, servindo a primeira taça a Yamai.

Segawa limpou o pó branco dos dedos em um lenço e perguntou a Yamai:

— E como foi depois que fui embora? Você dormiu lá?

— Não, voltei para casa — respondeu Yamai, e em

seguida, dando uma risadinha: — Às três da madrugada, mas voltei para casa.

— E que tal? Eu a achei meio esquisita...

— Naquele estado em que o senhor estava, ela não podia tê-lo deixado ir embora — disse Komayo, dirigindo-se em seguida a Segawa: — Você não acha, amor?

— Parece que não tenho mesmo desculpa — disse Yamai, com uma gargalhada. — Seja como for, que mulher estranha! Às vezes, em Shinbashi, surgem umas gueixas diferentes assim. Aposto como ela nem se deu conta de que você é ator.

— Mas não pode ser! — disse Komayo, arregalando os olhos, incrédula.

— Menos mal — disse Segawa.

O ator jogou o cigarro no fogareiro e despiu os ombros para maquiar o pescoço e o rosto. Usava as duas mãos, em movimentos ágeis. Todos os presentes pararam de falar, admirando a imagem ao espelho. Komayo parecia hipnotizada, os olhos parados, fitando o reflexo de Segawa com enlevo.

— Yamai, precisamos sair de novo um dia desses — disse Segawa, enquanto desenhava as sobrancelhas e pintava a boca de vermelho.

Quando terminou, Tsunakichi ajudou-o a vestir o figurino. Era um belo quimono, de largas ombreiras, com um brasão bordado em ouro. O cabeleireiro aplicou a peruca, um grande *chonmage*[67] com franja. Segawa estava magnífico, mais

---

67. Penteado tradicional. Faz-se um rabo de cavalo dobrado e fixado na parte superior da cabeça.

belo do que os jovens samurais das gravuras *ukiyo-e*. Komayo imaginou que era a heroína da peça, Hatsugiku, e que abraçava com força aquele homem, tal qual faria agora se estivessem sozinhos. Tentava se conter, mas não conseguia tirar os olhos dele, como se estivesse enfeitiçada. Esse personagem masculino era muito diferente dos papéis que ele fazia sempre, como *onnagata*. Para Komayo, mesmo apaixonada havia tanto tempo, vê-lo agora vestido assim, radiante, era quase insuportável. A sua paixão se renovava, mais forte, mais desesperada. Deu um suspiro fundo de amor, pensando que seu sentimento por Segawa às vezes era uma tortura.

— Tsunakichi, ainda não está na minha vez? — perguntou Segawa, como uma criança birrenta. Levantou-se com um cigarro na boca.

Nesse momento, ouviu-se a voz do discípulo de Segawa, que ficara na entrada para arrumar os calçados, cumprimentando alguém que acabara de chegar. O tom do cumprimento, excessivamente polido e respeitoso, anunciava a presença de um visitante formidável. Era uma mulher elegante e sofisticada, de cabelo curto, vestindo um quimono liso, de seda verde-escura.

— Vim dar meus parabéns.

Komayo, levando um susto, prostrou-se no chão em reverência e disse, antes de todos:

— Parabéns à mãe do talentoso ator! Seja bem-vinda.

Ohan, a madrasta de Segawa, tinha olhos grandes, nariz arrebitado e rosto ovalado como a semente de um melão.[68]

---

68. O rosto branco, ovalado, convexo, "como a semente de um melão", é um ideal japonês clássico de beleza.

Usava o cabelo curto, e sua pele era lisa e muito branca, sem rugas na testa. Era a personificação da beleza de Kyoto, embora a ausência de expressão facial a fizesse parecer uma boneca — bonita, embora sem emoção. Mas não havia como negar que era belíssima, da nuca à ponta dos dedos, e que não aparentava de maneira alguma a idade que tinha. Além disso, possuía um tipo refinado de beleza, como a de uma jovem viúva aristocrata.

— Sempre tão gentil, essa Komayo — disse, sorrindo. — Que lindo esse penteado! Onde você fez? No Sadoya, suponho? Mas você pode arrumá-lo como quiser, o seu cabelo é bom, fica bem de qualquer jeito.

— Eu sou indigna de elogios — disse Komayo, sem saber o que responder. — Só prendo meu cabelo de qualquer jeito e disfarço com a peruca.

Ouviram-se os tacos de madeira anunciando o reinício do espetáculo.

— Com licença, sintam-se à vontade — disse Segawa, e saiu do camarim, apressado.

O atendente foi atrás dele, carregando uma taça de chá com tampa de laca vermelha. Yamai se virou para Komayo e Hanasuke e disse:

— Não podemos perder a estreia de Segawa em seu importante papel!

E, como se fosse a deixa de uma peça, levantou-se para sair. As duas gueixas aproveitaram para se despedir de Ohan. Ao passarem por baixo do palco, Hanasuke sussurrou:

— Komayo, aquela é a mãe de Segawa?

— Sim, é a mãe dele.

— Puxa, ela é tão distinta, tão bonitona. Pensei que fosse professora de *ikebana* ou de cerimônia do chá.

— Ela é assim em tudo: certinha, bonita e elegante. É por isso que eu digo que é impossível umas pobres coitadas como nós darem certo um dia na vida. Está vendo só?! — disse Komayo, quase gritando. Olhou ao redor, para ver se alguém a ouvira, mas a passagem do porão estava vazia; ouvia-se apenas o som dos passos sobre o tablado acima. Pelo visto, o espetáculo ainda não começara. — Não há nada que eu possa fazer. Ele diz que a madrasta não quer que ele case, e pronto. Ai, só de pensar nisso, já sinto vontade de chorar.

— Ela já está infernizando a sua vida antes mesmo de ser sua sogra.

Hanasuke, por princípio, sempre concordava com a pessoa com quem estivesse falando. Ela sabia que o problema talvez não fosse a madrasta, e sim o corpo mole de Segawa, mas jamais diria isso a Komayo, ainda mais agora, que ela estava praticamente histérica e não daria a mínima atenção para o que quer que dissessem. "A verdade, quando desagradável, machuca as pessoas, e ainda por cima as afasta da gente", pensava. Tinha por hábito só dizer o que as pessoas queriam ouvir. Komayo estava convencida de que Segawa a amava e que o obstáculo para o casamento era a madrasta. Para piorar as coisas, Ohan era tão gentil e amável que Komayo nem tinha coragem de discutir com ela.

— Por que será que nesta vida as coisas nunca são como a gente quer? — disse Komayo, com um suspiro fundo, sentido.

Quando elas saíram do outro lado do palco, a luz da plateia ofuscou os seus olhos. Os tacos de madeira soaram novamente e a cortina se abriu. As duas se apressaram na direção do camarote. Yamai, mesmo sem ser convidado, seguiu-as em silêncio até os seus lugares. Ele sempre fazia isso: grudava nas pessoas e ia aonde elas fossem. Sentado entre as duas gueixas, pôs-se a soltar fumaça de cigarro enquanto observava a plateia e a cena.

17

A estreia (segunda parte)

O personagem de Segawa trocava de roupa em cena, passando de um jovem radiante para um guerreiro com uma magnífica armadura trançada em vermelho. Ao atravessar a plateia pela passarela do *hanamichi*, parecia uma daquelas imagens de ferozes samurais, feitas em seda acolchoada, que decoram as raquetes de *hanetsuki*. Acima do camarote de Komayo, três mulheres assistiam ao espetáculo. A primeira era magra, tinha cerca de trinta anos e usava um penteado *ichogaeshi*, preso com um alfinete decorado com contas de coral da Índia. Vestia um discreto *montsuki* e, por baixo, uma peça azul-claro. O *haori* era preto, e o *obi* de seda estampada estava preso com um fecho de cobre. No dedo trazia apenas um anel solitário de platina com um brilhante. A maneira discreta como se vestia, com elementos sóbrios, porém caros, indicava que se tratava de uma gueixa em posição de autoridade. A segunda mulher devia ter vinte e três, vinte e quatro anos, e o seu penteado era o *marumage* mais baixo que faziam no Sadoya, preso com uma fita de seda violeta e um pente de laca dourada incrustado de pérolas. Vestia um quimono vistoso, de luxo, um *haori* de seda de Oshima com estampa hexagonal e um *obi* de brocado de seda preso com um fecho incrustrado de pedras preciosas. Os anéis que levava nos dedos, um solitário com um brilhante enorme e outro com uma grande pérola, deviam ter custado mais de mil ienes. Era bonita, tinha a pele muito branca, um belo formato de rosto, e se vestia com requinte. A terceira mulher devia ter quarenta anos e parecia ser uma patroa de casa de chá, com aspecto vulgar e envelhecido. Provavelmente, teria vindo de alguma província quando jovem e começara a carreira como criada.

As três abaixaram os binóculos ao mesmo tempo e disseram, em uníssono:

— Que lindo!

E então suspiraram, admiradas. Um pouco depois, durante a cena em que Juzo Ichiyama, no papel de Takechi Mitsuhide[69], saía de trás de um painel de madeira, a mulher com o *marumage* disse à outra, com penteado *ichogaeshi*:

— Ai, mana, estou tão apaixonada, mesmo sem nunca ter falado com ele!

— Bom, se você não quer continuar a admirá-lo apenas a distância, é melhor chamá-lo para algum lugar onde vocês possam se conhecer...

— Bem que eu queria, mas agora não sou mais gueixa, fico envergonhada. Além do mais, ele não está com aquela da Obanaya?

— A sirigaita da Komayo? — perguntou a mulher do

---

69. A peça de kabuki a que elas estão assistindo é sobre a morte de Akechi Mitsuhide, mas o nome de todos os personagens históricos foi disfarçado durante a Era Edo para fugir à censura dos Tokugawas.

ichogaeshi, com veneno na voz. — Ela de fato não é burra, se fisgou um homem desses. Mas não é concorrência para uma moça bonita e distinta como você.

— Eu acho que é. O melhor é desistir. E se ele me rejeitar? Aí seria terrível — respondeu, em um tom tão doce que parecia o de uma criança aprendendo a falar.

No palco, a personagem da mãe, ferida de morte, começou o seu monólogo de despedida. Como essa parte não lhes interessava muito, recomeçaram a conversa, aos sussurros. Então, reapareceu Segawa, sua personagem também ferida fatalmente, e as duas pararam de falar para observá-lo com os binóculos. Depois que ele atravessou o *hanamichi* e morreu, as duas retomaram a discussão.

O programa previa um número chamado *A travessia do Lago Biwa*, mas para a estreia fora decidido que o espetáculo passaria direto do *Ehon Taikoki* para a segunda parte, o *Nijushiko*. Segawa, no papel da Princesa Yaegaki, terminava o bailado erguido no ar, como se flutuasse sobre as raposas de fogo, e foi efusivamente aplaudido. Nesse momento do espetáculo, muitas pessoas aproveitavam para fazer uma pausa para o jantar, e o restaurante do teatro estava completamente lotado. As três mulheres estavam sentadas em uma mesa próxima à entrada, observando o ir e vir das pessoas, quando a mais jovem exclamou:

— Rikiji-san, olhe ali, ela veio!

A mulher do *ichogaeshi* se virou e viu Komayo e Hanasuke, seguidas por Yamai, procurando uma mesa. Passaram perto delas, mas Komayo, preocupada em dizer algo à sua companheira, não viu Rikiji, e as duas seguiram, rindo de alguma coisa.

Rikiji lançou um olhar de ódio a Komayo e deu uma risadinha de desprezo enquanto as observava se afastar.

— Mas olha só, que pistoleira! Passa e não cumprimenta.

Rikiji era mais velha, e tinha autoridade entre as gueixas de Shinbashi. Esperava, portanto, que elas a cumprimentassem ao passar. Komayo provavelmente aproveitara a confusão de gente que havia no restaurante para fingir que não a havia visto. Mas o que deixava Rikiji realmente furiosa era pensar que, alguns meses antes, Komayo lhe roubara Yoshioka, seu benfeitor. Desde então, ela jurara vingança, mas não fizera nada ainda porque tinha medo de revelar o seu despeito em público. Tinha esperança de que a oportunidade surgisse em algum banquete ou evento.

Naquela noite, finalmente, vislumbrou a possibilidade de se vingar de Komayo por meio de Kimiryu, uma ex-gueixa da casa de Rikiji. Sua dívida fora paga por um benfeitor que a levara para viver como sua amante, mas o rico empresário morreu logo em seguida, deixando para ela uma enorme casa, onde agora vivia, e os quase quatrocentos metros quadrados de terreno ao redor — em Hamacho, uma excelente localização —, e dez mil ienes. Kimiryu era aquela raridade no mundo das gueixas: uma mulher que podia ter a vida que quisesse. Estava em dúvida se abria uma casa de gueixas, uma casa de chá, um hotel em estilo japonês ou um restaurante especializado em carne de frango. Podia ainda guardar o dinheiro e usá-lo como dote. Não excluía a possibilidade de se casar, desde que encontrasse um homem lindo, fiel e que fizesse todas as suas vontades. Esta parecia ser a escolha menos trabalhosa, pois não envolvia os sacrifícios e riscos de administrar um negócio. Pedia conselhos a Rikiji frequentemente, na Minatoya, e foi em uma dessas ocasiões que a gueixa mais velha a convidou ao Teatro Shintomi.

Durante os três anos em que foi amante do velho empresário, Kimiryu dedicou-se muito a ele. Ela mesma se espantava ao pensar que, nesse período, quase não saíra de casa, abandonara o *shamisen*, não fora mais ao teatro, tudo para ficar mais tempo com seu grisalho benfeitor. Em gratidão, ele deixara para ela uma boa soma no testamento. Agora, Kimiryu se encontrava totalmente livre, e a liberdade a inquietava. Foi nesse estado de espírito que ela assistiu à apresentação de Segawa naquela noite, apaixonando-se por ele. Chegou a dizer a Rikiji que ficaria encantada se ela conseguisse arranjar um encontro com Segawa para depois da apresentação.

Inicialmente preocupada, Rikiji logo se deu conta de que aquela seria a oportunidade perfeita para se vingar de Komayo. Dirigiu-se rapidamente à Kikyo, uma das casas de chá que serviam os atores do Teatro Shintomi, e pediu um favor à patroa, que possuía excelentes conexões com o mundo do teatro. Ainda naquela noite, Segawa recebeu um recado solicitando que depois do espetáculo se dirigisse à Casa Kutsuwa, em Tsukiji, nem que fosse apenas por alguns instantes.

A patroa da Kikyo provou ser influente, e ao final do interlúdio entre o segundo e o terceiro número elas receberam a resposta positiva de Segawa. As duas mulheres ficaram muito felizes e a terceira, que na verdade era a patroa da Kutsuwa, decidiu sair mais cedo para realizar os preparativos. "Que pena, justo na hora da cena do *kotatsu*", pensou, mas mesmo assim, depois de dar um tapinha nas costas de Kimiryu, levantou-se e foi embora. O gesto da patroa da Kutsuwa entristeceu a jovem, em vez de alegrá-la: Kimiryu começava a se arrepender do combinado. No número seguinte, Segawa apareceu no papel feminino de Koharu, e ao vê-lo ela escondeu o rosto em um lenço. Mesmo através do lenço, porém, não perdia nenhum detalhe da cena. Um pouco depois, Rikiji puxou-a pela manga, o que aumentou sua irritação.

— Menina, ele está olhando para cá de novo. Mostra essa sua cara, Kimiryu!

Ela já havia notado o olhar de Segawa em sua direção diversas vezes, e por isso mesmo sentiu-se incomodada e constrangida pela observação inconveniente de Rikiji. Embaraçada, olhou para baixo com o rosto corado.

18

Duas noites

O quarto de quatro tatames e meio do andar de cima da Gishun era o ninho de amor de Komayo e Segawa. Naquela noite, o ator estava com um magnífico quimono *edokomon*[70] da Casa Daihiko. As duas camadas de tecido seguiam um delicado padrão e apresentavam o brasão da família na cor do tecido do verso. Estava sentado em uma pose feminina, com as pernas para o lado, e deixava à mostra seu quimono de baixo, bege-escuro com desenhos de *katawaguruma*[71] em branco, do tipo que só as Lojas Erien produzem, apenas sob encomenda. O *obi* de cetim, que ele amarrara apertado, à moda antiga, era da Hiranoya de Hamacho, e tinha os dois ideogramas do nome do fabricante bordados em vermelho na ponta. Um anônimo qualquer pareceria muito extravagante com essa roupa, mas um *onnagata* bonito como Segawa, pelo contrário, ficava muito bem. Ele pôs as mãos para trás, apertou ainda mais o cinto, e se sentou ereto,

---

70. Material de alta gama, em geral com padrões delicados em todo o corpo, muito apreciado pelos daimios da Era Edo.
71. Padrão decorativo da Era Edo, com ondas estilizadas e rodas de carroça.

na posição *seiza*. Pegou o tubo de laca onde guardava seu cachimbo, decorado com folhas outonais por Taishin, e a tabaqueira de couro dourado com delicados desenhos em vermelho. O cadarço tinha na ponta uma esfera polida de coral da Índia, e o fecho de prata, de autoria desconhecida, era uma minúscula cestinha com pedrinhas douradas. Guardou os apetrechos no cinto com displicência.

— Komayo, estou indo. Eu já volto, é só uma hora, duas no máximo. Ouviu? Você não vai dizer nada? Se vai ficar emburrada assim, pelo menos me alcance o *haori*.

Komayo ainda estava com a roupa com que fora ao espetáculo. De costas para ele, fincava furiosa os pauzinhos do fogareiro nas cinzas. Sem se virar, respondeu:

— Sim, senhor. Estarei esperando.

Pegou a garrafinha de saquê sobre a mesa e despejou a bebida em uma xícara de chá, que já estava quase transbordando. Segawa rapidamente segurou a sua mão.

— Mas o que é que você tem? Fiquei horas explicando tudo. Essa atitude não combina com você. É o senhor Sodezaki, um cliente que apoia nossa trupe desde os tempos do meu pai. Ele veio de Osaka especialmente para me ver. Faz muito tempo que eu não o encontro.

— Ah, é? Mas se é um amigo da família, alguém tão importante, você já devia saber dessa visita havia muito tempo, não é mesmo? Mas eu *ouvi* você dizer a Yamai que, se o espetáculo de hoje acabasse cedo, era para vocês saírem juntos! Eu teria acreditado em você se a desculpa fosse algum imprevisto. Ai, maninho, você me magoa tanto que... — de tão ressentida, não conseguiu completar a frase.

— Bom, eu fiz o que podia. Se você não quer que eu vá, então não vou — disse ele, de cara amarrada.

Segawa tinha esperança de que Komayo, assustada, não teria coragem de lhe pedir para ficar. E, de fato, ela não conseguia dizer nada, apenas secava as lágrimas com um lenço. Para mostrar que não tinha pressa, Segawa tirou os recém-colocados apetrechos do fumo de dentro do *obi* e se pôs a fumar o cachimbo. Então, como se estivesse falando sozinho, disse:

— Estou me oferecendo para não ir, se você não quer que eu vá. Por mim, que o senhor Sodezaki vá procurar outro ator para patrocinar — bateu o cachimbo no fogareiro. — Você não perdeu Yoshioka por minha causa? Pois bem, se eu perder Sodezaki, nós estaremos quites.

E, com uma cara de "não me importo mais, faça o que quiser", jogou-se no tatame. A essa altura, Komayo, que além de ser a mais apaixonada entre os dois ainda estava em desvantagem por ser mulher, não tinha alternativa senão insistir que ele partisse. Segawa estava acostumado com impasses desse tipo, e sabia desde o início como o jogo terminaria. Mesmo que ela dissesse que não queria que ele fosse, ele saberia como contornar a situação. Bastaria fazer uma cena, brigar com ela e sair do mesmo jeito. Quando há uma discussão desse tipo, não importa o que se diga ou o que se ouça. E ao final, se o homem quiser voltar, a mulher sempre cederá. "Mulher não tem orgulho nem dignidade." Ele não precisava consultar os *ninjobon* de Shunsui Tamenaga para saber como esses desentendimentos entre amantes se resolviam. Além do mais, ele já não gostava de Komayo tanto quanto antes. Assim que encontrasse alguém melhor, pretendia deixá-la.

Ainda não era o caso de romper totalmente, mas ele não queria que a relação se tornasse ainda mais próxima do que estava. Do jeito como gastava dinheiro com ele, como perdia clientes, Komayo já devia estar bastante endividada, de modo que, se ele não tomasse cuidado, um dia seria forçado a arcar com os seus débitos e casar com ela. Contudo, mesmo se chegasse a esse ponto, ele conhecia diversas maneiras pelas quais podia escapar de um relacionamento oneroso.

Komayo estava decidida a não o deixar sair naquela noite, mas, por outro lado, tinha medo de que ele se irritasse demais com ela. Ao contrário de outros atores, Segawa era teimoso, egoísta e sincero a ponto de ser grosseiro — e foram justamente essas qualidades que a atraíram de início. Quanto mais ela pensava, mais se convencia de que ele talvez estivesse falando a verdade. Afinal, ele não ficara horas tentando explicar a situação?

— Maninho, já está ficando tarde. Você devia ir logo, para poder voltar ainda cedo. Prometo não falar mais nada... — disse, aproximando-se dele com cautela.

— Não diga bobagens, eu também não sou obrigado a ir — disse ele, lânguido, enquanto se levantava devagar.

— É só ir mais tarde, pedir desculpas...

— Mas daí quem fica mal sou eu. Já passa das onze, maninho, vai de uma vez, e volta logo! Eu também não vou ficar aqui, esperando por você. Vou para casa e depois volto.

— Tem certeza? Bom, então vou indo... — pegou a mão dela, como se precisasse de apoio para ficar de pé. Em seguida, endireitou o quimono.

No fundo, Komayo acreditava que a mulher de um ator devia se conter em situações como essas. "O certo é aguentar firme e, mesmo que isso me corte o coração, mandá-lo encontrar o patrocinador." E foi com essa resolução em mente que ela levantou e o ajudou a vestir o *haori* como se fosse abraçá-lo. A cena parecia tirada de uma peça nova de *shinpa*. Segawa encostou o corpo no de Komayo e pegou sua mão.

— Então está tudo bem? Você vai esperar por mim?

E se dirigiu ao corredor, sem dizer mais nada. Komayo pôs a capa, o chapéu e a manta de Segawa em uma grande bandeja de laca e foi com ele até a porta da frente.

— Até depois, então — disseram a patroa e a criada, que o acompanharam até o riquixá.

Segawa olhou para o relógio. Ele tinha consciência desde o início de que não conseguiria estar em dois lugares na noite da estreia, mas a patroa da Kikyo soubera muito bem como despertar nele a lascívia comum a todo homem. Agora, ele parecia uma criança que não consegue pensar em outra coisa a não ser no brinquedo que está para ganhar. Embora sentisse que não devia fazer isso, a patroa o convencera de que não haveria problema, que ela mesma falaria com Komayo depois, diria que fora tudo culpa dela.

A mulher do camarote parecia ter um belo corpo, a julgar pelo que se via a distância. O que o deixava mais excitado era a informação de que, desde a morte de seu benfeitor, ela vivera reclusa, como uma casta viúva. Ele já decidira inclusive que não voltaria à Gishun naquela noite, acontecesse o que fosse. Enquanto pensava nisso, o riquixá chegou a Tsukiji, e logo ele estava diante da entrada da Kutsuwa.

— Por que você não fica um pouco aqui no escritório comigo, Komayo? — convidou a patroa da Gishun. — Você fica aqui, esperando ele voltar, e se quiser posso ligar mais tarde para perguntar se ele já vem...

— Muito obrigada, mas, se eu ficar parada, acho que não conseguirei sossegar. Vou caminhando até Ginza e de lá vou para casa. Depois eu volto.

E, dizendo isso, saiu para a rua sem pedir uma condução. O trânsito estava bastante lento, com muitos carros e riquixás. Ela passou por eles em direção ao Ministério da Agricultura e Comércio, caminhando apressada, como se não quisesse ser vista.

O céu do início do inverno estava estranhamente azulado e brumoso, do tipo que anuncia um terremoto. Parecia verão, e uma brisa refrescante balançava seu cabelo. A lua estava tão clara que se enxergavam nítidas as sombras dos passantes na terra seca das ruas. Sem querer, Komayo se lembrou da primeira vez em que fora à Gishun encontrar Segawa. Naquela noite, ela também voltara caminhando para casa, surpresa com tanta felicidade, imaginando que talvez fosse tudo um sonho. Para não misturar suas lembranças com o barulho do trânsito e da multidão, tomou um desvio por ruazinhas estreitas, e continuou a caminhar até os joelhos tremerem de cansaço.

Em sua lembrança, aquela era uma noite de outono, quando o calor do dia ainda pairava sobre a cidade ao anoitecer e a brisa movia as mangas de seu quimono. A estação era outra, mas, depois de uma noite no teatro abafado, o sereno noturno era agradável. A lua brilhava clara, ainda que houvesse um pouco de bruma sobre os telhados. Ouvia-se um *shamisen* ao longe, e ela passou por uma casa de chá que estava com as luzes acesas. Tudo nessa noite lembrava a outra noite, e seus olhos se encheram de lágrimas.

    Escondeu o rosto no lenço, mas em seguida olhou em volta e percebeu que estava em um trecho escuro, à sombra do prédio do ministério. À noite, aquela rua costumava ficar lotada de riquixás, levando gueixas aos seus compromissos ou indo buscá-las, as lanternas das empresas de transporte brilhando como estrelas: Hiyoshi, Daisei, Shintake, Mihara, Nakamino... Por algum motivo, naquele momento a quadra se encontrava deserta. Um carro passou, vindo da direção da ponte de Uneme, seguido por três gueixas a pé, meio bêbadas, falando alto e rindo. Komayo procurou aflita um lugar onde se esconder, e enveredou pela esquerda depois da encruzilhada de Kobiki. Só conseguia pensar em ficar encolhida num canto e chorar nas mangas do quimono até cansar.

    Quando algo de ruim acontecia, não havia o que a consolasse. A única maneira de ela se acalmar era ir para um lugar isolado e chorar até as lágrimas secarem. Era sempre assim: quando se encontrava em uma situação desesperadora, buscava algum lugar para se esconder — qualquer lugar, até mesmo um armário embutido. Às vezes pensava que isso era um mau hábito, adquirido quando ela vivera em Akita, no meio de pessoas que não a compreendiam. Era um vício difícil de largar, porque, à medida que envelhecia, havia cada vez mais motivos para chorar. Mergulhada na escuridão da ruazinha onde se escondera, pensou que estava destinada a chorar pelo resto da vida, e isso a deixou ainda mais desesperada. Seu quimono de baixo — aquele igual ao de Segawa, que eles haviam comprado juntos — ficou tão encharcado de lágrimas que poderia ser torcido.

Passou um automóvel, levantando a poeira da rua; ao longe, ouviam-se os latidos de um cachorro. Sem saber o que fazer, Komayo seguiu em direção à rua principal, quando de repente ouviu duas ou três gueixas, mais adiante, conversando animadamente a caminho de casa, depois de um compromisso. Komayo ouviu distintamente o nome de Segawa e, determinada a descobrir do que se tratava, aproximou-se, protegida na escuridão pelas marquises dos prédios. Duas delas falavam sem reservas, certas de que ninguém as ouvia.

— Era Segawa, sim, senhora. Ah, que inveja! Queria tanto saber aonde foram depois...

— Pois vamos fazer uma aposta. Amanhã telefono para Komayo e pergunto, assim como quem não quer nada, se ela estava com Segawa hoje. Se ele não estava com ela, eu pago a nossa próxima ida ao cineteatro!

— E se ele estava com ela, sou eu que faço questão de pagar os ingressos! Mas espera aí: já pensou se era mesmo Segawa com aquela fulana? Aí é que eu quero ver! Corremos o risco de Komayo achar que estamos envolvidas nessa história. Melhor não ligar...

— Verdade. Mas, afinal, quem é essa fulana misteriosa?

Komayo engoliu seco e até parou de respirar, para ouvir se a pergunta tinha resposta. Mas logo em seguida passou outro automóvel, causando muito barulho, e nesse meio-tempo as gueixas já estavam diante da entrada de uma casa de chá. Elas saudaram a patroa e entraram. De pé ali na calçada, Komayo sentiu que perdia a razão. Do pouco que ouvira, uma única conclusão era certa: ela não podia ficar parada. O mínimo que devia fazer era ligar para a Kutsuwa e perguntar se Segawa estava lá. Afinal, se ele não estivesse fazendo nada de errado, não haveria diferença entre reconhecerem ou não a sua voz. "Mas como é que eu não pensei nisso antes?" Voltou quase correndo em direção à Gishun. Ao chegar, entrou esbaforida no escritório e pegou o telefone. Antes de falar, procurou disfarçar a emoção e a falta de fôlego.

— Alô, é da Casa Kutsuwa? O senhor Segawa se encontra? Como? É da residência dele.

Esperou por algum tempo. Nada de resposta. De repente, teve um acesso de fúria e deu um berro ao telefone, para que a atendente a escutasse. Por azar, as linhas estavam cruzadas e, bem nesse momento, a ligação caiu. Omaki, a criada, que estava no escritório, ficou com tanta pena de Komayo que pegou o telefone de sua mão e ligou de novo para a Kutsuwa. Disseram-lhe que o senhor Segawa já estava a caminho de casa. Como Komayo dissera desde o início que estava ligando da casa de Segawa, não havia mais nada que pudesse ser feito. Ocorreu-lhe que talvez ele tivesse dito que estava indo para casa quando na verdade estaria voltando à Gishun para vê-la. Assim, decidiu esperar mais um pouco. À meia-noite, foi tomada de uma angústia insuportável. Ligou de novo para a Kutsuwa e, dessa vez, mudou a história:

— Por obséquio, diga-lhe que Komayo espera por ele na Casa Gishun.

Fizeram-na esperar uma eternidade e, por fim, disseram-lhe a mesma coisa:

— O senhor Segawa já saiu, e disse que ia para a sua residência, em Tsukiji.

Komayo se sentia prestes a enlouquecer. Ligou para a casa de Segawa.

— O senhor Segawa não se encontra neste momento.

O paradeiro do senhor Isshi Segawa, ao que tudo indicava, era ignorado por todos. Como se isso não bastasse, à meia-noite as casas de chá fechavam as portas e não aceitavam mais clientes. Omaki, apiedada de Komayo, trancou só um lado do portão, e disse, em voz alta e clara:

— Daqui a pouco ele chega...

Nesse momento, passou pela frente da casa de chá um homem baixo, de terno, que, ao ver a criada, foi cambaleando, bêbado, em sua direção. Assustada, Omaki já ia fechar o portão em sua cara quando ele disse:

— Ei, o que você está fazendo? Espere aí! Sou eu! Komayo não está aí?

— Ah, é o senhor, da noite passada... Perdão, não o reconheci — desculpou-se, com uma risadinha.

— Sou eu! Yamai!

E foi entrando sem esperar resposta. Tirou os sapatos na entrada e se dirigiu ao andar de cima. Era uma manobra com a qual já estava acostumado.

19

Yasuna

Dois ou três dias depois, o *Jornal Miyako* publicou, junto com outras fofocas, um artigo de uma coluna e meia com o título "Komayo, a Louca".

Em Shinbashi, não há quem não conheça Komayo, a gueixa da Casa Obanaya que no ano passado, durante o Festival de Outono das Gueixas, brindou-nos com uma impecável apresentação da cena da loucura de *Yasuna*, e neste ano, no Festival de Primavera, foi novamente um sucesso unânime ao interpretar outra desvairada no número *O Rio Sumida*. Recentemente, ela protagonizou outro tipo de espetáculo na noite de estreia da nova temporada do Teatro Shintomi. Segundo se comenta, o seu amado, o conhecido ator Isshi Segawa, da trupe Hamamura, a teria trocado por outra mulher, o que tem tirado o sono de nossa pobre Komayo. Torturada pelo ciúme e pelo desespero — afinal, ela é um ser humano, de carne e osso, e não uma boneca de rostinho bonito, desprovida de sentimentos — Komayo foi vista, naquela mesma noite, em um acesso de loucura furiosa, sapateando sobre seu leque de cena.

Um olho treinado seria capaz de reconhecer dentre as frases do artigo inúmeras referências a falas do *joruri Yasuna*. É claro que, se a coisa tivesse parado por aí, ninguém teria dado muita importância ao incidente. No mundo flutuante, fofocas como essa são esquecidas na mesma velocidade com que surgem e, além disso, um artigo no *Miyako* pode conter todo tipo de inverdades. Contudo, os boatos sobre Komayo pareciam ter uma sobrevida maior do que outros. No banho público, no salão de beleza, nas casas de chá, nas aulas de música e de dança — onde quer que houvesse gueixas reunidas — não se falava de outra coisa, e novos boatos eram acrescentados ao primeiro. Quando iam ao Teatro Shintomi, as gueixas faziam questão de dar uma boa espiada para ver se enxergavam Kimiryu, mesmo quando a temporada já chegava ao fim. Eram frequentes os rumores de que ela estaria presente, e de fato Kimiryu não faltou a nenhuma apresentação. Se não estava no camarote, estava nos corredores; se não estava no camarim, podia ser encontrada no café ou no restaurante do teatro. No quarto ou quinto dia da temporada, foi utilizada uma nova e belíssima cortina comemorativa para o espetáculo *Nijushiko*. Era bordada com a lista de patrocinadores, cinco gueixas da Minatoya, encabeçada pelo nome de Rikiji. Surgiu então o boato de que Isshi Segawa iria se casar com Kimiryu na temporada seguinte, quando atingisse a idade para suceder ao pai na trupe, adotando seu nome. Havia ainda quem dissesse já ter visto os presentes de noivado, e outros diziam inclusive que Isshi e Kimiryu eram amantes desde a época em que ela era gueixa.

Esse último boato foi aceito por muitos como verdadeiro. Afinal, era muito estranho que num dia se falasse em namorico, e já no seguinte, em casamento. A história era mais plausível se Segawa e Kimiryu já tivessem se relacionado no passado.

Ao ouvir esta última fofoca, Komayo finalmente se convenceu de que não havia mais nada a fazer a não ser se conformar. Segawa usou esses boatos — que ele nunca desmentiu nem confirmou — a seu favor, como justificativa para suas ações. Ele e Komayo nem chegaram a falar sobre o assunto. Certa de que era tudo verdade, ela o recriminou amargamente; ele, de sua parte, cansado de arrumar explicações e consciente de que nada que dissesse poderia convencê-la, decidiu simplesmente desaparecer. Quanto a Kimiryu, que vivia o início de uma paixão, era sempre agradável e nunca tinha nada de odioso a dizer. À medida que Komayo se tornava mais desesperada e inconveniente, Segawa se sentia mais atraído pela nova amante.

Um dia, na Kutsuwa, Segawa e Kimiryu discutiam a onda de boatos.

— As pessoas não comentam outra coisa. Só falam que a gente vai se casar!

— Você deve estar descontente com tudo isso.

— Acho que a maior prejudicada com essa história é você, não? Peço desculpas.

— Eu? Prejudicada? Não tinha pensado nisso. Você acha?

— Se esses boatos não acabarem, você não vai mais conseguir nem sair na rua!

— Mas eu não preciso sair se não quiser. O problema mesmo é você não poder sair. Além do que, você e dona Komayo já estavam juntos antes, e eu jamais me perdoaria se vocês brigassem por minha causa.

— Ah, não quero mais ouvir o nome dessa pessoa! E o pior nem é isso: há um outro boato muito estranho correndo por aí. Estão dizendo que nós dois já estávamos acertados de que íamos nos casar desde a época em que trabalhava com dona Rikiji, que nos separamos quando você encontrou o seu benfeitor, e que agora estamos reatando uma paixão antiga. E a culpa por esse boato não deixa de ser de dona Rikiji. Algumas gueixas se deram o trabalho de ir até a Minatoya só para perguntar se essa história era verdadeira, e dizem que dona Rikiji só faltou jurar que era isso mesmo, que a gente se conhecia desde essa época, e tudo mais. Daí, quando a pessoa cujo nome não pode ser dito me perguntou se era verdade, eu disse que era.

— Não! E o que essa pessoa fez?

— Essa pessoa? Sei lá, nunca mais a vi.

— Acho tudo tão estranho. Nem parece que a gente só se conhece há poucos dias. Por que será?

— Como assim?

— Maninho, não me deixe nunca, fique comigo para sempre, por favor — suplicou Kimiryu, chorando lágrimas de mulher apaixonada.

Segawa fora à casa de Kimiryu em Hamacho para vê-la, mas acabou dormindo ali, permanecendo no dia seguinte e no outro, até que começou a ir direto de lá para o trabalho. Em seguida, seu atendente pessoal, Tsunakichi, e seu condutor de riquixá, Kumako, também se mudaram para lá. Depois de seus empregados, foram seus colegas de trabalho e do teatro que começaram a ir à casa de Kimiryu quando tinham alguma coisa urgente a discutir com ele. Com o tempo, sua casa em Tsukiji passou a ser considerada uma residência suplementar, e a casa de Hamacho se tornou o domicílio principal. Kimiryu, sempre com um penteado *marumage* de mulher casada, tornara-se *de fato* a sua esposa.

Como Kimiryu era rica, Ohan, a madrasta de Segawa, viu nela potencial para ser a esposa de seu enteado, e logo se dirigiu a Hamacho para lhe prestar uma visita e pedir que "continuasse a favorecer o seu filho". Em retribuição, Kimiryu também a visitou em Tsukiji, e Ohan foi tão afetuosa e gentil que a jovem passou a vê-la como uma mãe. Pouco tempo depois, já iam a todo lugar juntas, não apenas ao Teatro Shintomi, mas também ao Teatro Imperial, ao Ichimura, e tantos outros.

Enquanto isso, Rikiji discretamente espalhava boatos favoráveis a Kimiryu. Com o objetivo de tornar a jovem mais simpática aos olhos de todos, a patroa da Minatoya semeava suas histórias onde quer que fosse: em casas de chá, casas de gueixas e entre atores e gente de teatro de seu círculo.

20

O banho da manhã

Por volta das onze da manhã, a casa de banho Hiyoshi, normalmente lotada, estava vazia. Nesse horário a água costumava ser quente e agradável, mas na piscina grande havia apenas um banhista: o velho Gozan, dono da Obanaya. "Aaaaaah, que bom, essa piscina toda só para mim!", disse, bocejando. Espreguiçou os finos braços até quase estalar as juntas, e depois se sentou contra a borda, admirando o reflexo da luz invernal, filtrada pela claraboia, tremeluzindo na superfície da água clara e quente. A porta de vidro correu, e no vestiário contíguo entrou um homem de uns quarenta anos, moreno, pescoço musculoso e costas largas. O formato de seu corpo ficava estranho sob as ombreiras do quimono acolchoado, cuja gola estava suja. Ainda assim, o homem tinha certa elegância, difícil de explicar. O *obi* era de seda engomada. Não usava *haori*, mas o bigode estava impecável. Não tinha jeito de jornalista nem de advogado; na verdade, seria difícil, a julgar pela aparência, imaginá-lo em uma profissão honesta. Enquanto se despia, analisava os cartazes do mural que anunciavam os espetáculos dos teatros e das casas de entretenimento, mas com um olhar duro, quase de reprovação. Abriu a porta que dava para o salão da piscina e se pôs a molhar o corpo com as mãos. A essa altura, Gozan, já aquecido, levantou-se para sair da água. Ao vê-lo, o homem o cumprimentou grosseiramente, como um estudante mal-educado:

— Oi.

Então, como se quisesse entrar na piscina, mas estivesse com medo da água quente, parou, hesitante, próximo à borda.

— Takaraya-san! Como vai? É bom ter um ofurô em casa, mas não há nada como uma piscina grande para nos fazer transpirar, não é? — disse Gozan, com uma ponta de deboche.

O velho ficou com vontade de bocejar, mas trincou os dentes para não abrir a boca. Embora o homem nunca lhe tivesse dado motivo, havia algo nele de que Gozan não gostava. Diziam que, antes de ser patrão da Takaraya, ele fora ator em uma trupe de pantomima, fazendo papéis secundários e outros tipos de serviços. Quatro ou cinco anos antes, quem mencionasse a Takaraya para uma gueixa ou cliente de Shinbashi, certamente ouviria a resposta "Ah, *aquele* lugar, sei". Era uma casa de má fama; no entanto, justamente por isso, tinha bom rendimento. Com o tempo, o patrão contratou uma ou duas gueixas "direitas", e, depois de molhar a mão das pessoas necessárias, conseguiu abrir uma nova casa, mais respeitável.

No ano anterior, por ocasião de uma crise política dentro da guilda, ele conseguiu um cargo de influência na organização. "Ele é aquilo que os jornais chamam vulgarmente de 'novo rico'", pensou Gozan, incomodado. O homem subira na vida sem se importar com aparências, mas, assim que adquiriu um status mais alto na sociedade, passou a se vestir melhor, bancar o esnobe. "Se ainda fosse um político, um empresário, um corretor, não haveria motivo para se espantar. Mas um patrão de casa de gueixas!" Tradicionalmente, a imagem do patrão estava associada à do diletante com gosto sofisticado, com inclinações artísticas, "um homem", pensava Gozan, "que perde dinheiro com seus interesses, não um homem que *só pensa em dinheiro*. Uma casa de gueixas tem que ser um lugar fino, elegante". Ao menos, esse era o ideal vigente quando Gozan era jovem, e nunca lhe ocorreu que os tempos pudessem ter mudado. Tudo no patrão da Takaraya lhe parecia equivocado. Não gostava do bigode dele nem da maneira como passara a se portar depois de eleito representante na associação. Durante as reuniões do conselho, se alguém dizia algo de que discordava, ele se punha a discursar como se estivesse em uma reunião de acionistas. "Que homenzinho ridículo, me dá até embrulhos no estômago."

Mas o sujeito tinha aquele dom dos insuportáveis de não perceber a inconveniência que provocam. Ou talvez ele soubesse que enfurecia as pessoas e tinha o desplante de não estar nem aí. Acreditava que o segredo do sucesso eram a esperteza e a insistência. Por algum motivo, não esboçou a mínima reação ao sarcasmo do velho, nem ao bocejo mal disfarçado.

— Sensei — disse o homem, puxando conversa —, o senhor nunca mais quis se apresentar no teatro, depois daquele incidente?

— Nem que eu quisesse não poderia voltar, estou velho demais — respondeu Gozan, secando-se, sentado em um banquinho, as costelas visíveis sob a pele enrugada. — Se eu voltasse, já no primeiro dia me mandariam embora. Nem o público nem os empresários me suportariam.

— Pois eu acho que as casas de espetáculo andam vazias justamente porque não há mais nada que preste em cartaz. Falando nisso, eu tinha um assunto para tratar com o sensei... Estou já há um bom tempo para ir à sua residência consultá-lo, mas nunca tenho tempo...

O homem olhou à sua volta. O salão da piscina continuava vazio. Não se ouvia nenhum som do salão ao lado, da piscina feminina. A única pessoa no prédio àquela hora, fora eles, era a senhorinha da recepção, que parecia ocupada descosturando o forro de uma roupa.

— Veja só: eu gostaria de convidá-lo para fazer parte do comitê, se o senhor puder nos conceder essa honra. Se o sensei não está mais se apresentando, talvez tenha tempo para participar das reuniões... Creio que Vossa Excelência seria de incomensurável ajuda na resolução dos problemas com os quais nos confrontamos, se nos pudesse fazer o obséquio de participar de nossos atribulados encontros...

— e, sem nenhuma pausa, o homem se pôs a usar o intragável vocabulário de político que tanto irritava as pessoas que precisavam enfrentá-lo em debates.

Na verdade, o patrão da Takaraya, para aumentar seu poder na guilda, conseguira aos poucos se livrar de seus opositores, um a um, e os substituíra por meia dúzia de imbecis que achavam todas as suas ideias ótimas. O velho Gozan era considerado um ancião respeitável na comunidade das gueixas de Shinbashi. Ainda que fosse um casmurro rabugento, era reconhecido por todos como um homem bom, honrado, honesto. Além disso, ele dizia as coisas sem rodeios e não tinha ambição financeira nem política. O patrão da Takaraya acreditava que, por não gostar de discussões prolongadas, o velho não se envolveria em polêmicas se entrasse para o conselho, de modo que não constituiria uma ameaça, pois não criaria tumulto nas reuniões nem se envolveria em conchavos e conluios com o objetivo de aumentar sua influência. Mas Gozan entendeu tudo, e respondeu bruscamente:

— Não, sinto muito. O senhor vai me desculpar, mas não posso aceitar a honra. Minha esposa está doente, e eu mesmo já não estou bem das pernas. Eu não teria como assumir essa responsabilidade.

— Mas que pena! O senhor é um dos patrões mais antigos de Shinbashi, tenho certeza de que sua presença seria uma contribuição notável para nosso conselho...

Nesse momento, o criado da casa de banho entrou, exclamando "Ai, que frio!", e se posicionou para esfregar as largas costas do homem. Logo depois, entraram mais dois rapazes e um menino. O primeiro era pálido, de uns trinta anos, e usava óculos com armação de ouro. Era o marido de Oko, a dona de um grande salão de beleza da vizinhança — diziam que ela tinha muito dinheiro. Ele fora *benshi*, narrador de filmes de cinematógrafo, mas atualmente não trabalhava mais e dependia da mulher. O outro sujeito era gordo, careca, e devia ter uns cinquenta anos. Tinha um restaurante de *yakitori*, churrasquinho de frango, chamado Ichiju. Junto com ele, entrou um menino de doze, treze anos, coxo de uma perna. Os homens se cumprimentaram, pois se conheciam da vizinhança, e distribuíram-se ao redor da piscina. O dono do restaurante e o menino se puseram ao lado de Gozan, e o marido da cabeleireira, ao lado do patrão da Takaraya. Começaram a falar de gueixas de diferentes bairros e, lá pelas tantas, o patrão da Takaraya, lembrando-se de algo, entrou na conversa:

— Pois vocês sabem que esses dias, na reunião do conselho, houve uma discussão sobre uma gueixa bem assim como vocês estão falando? Alguém reclamou que a presença dela era ruim para a reputação da comunidade.

— É mesmo? Como ela se chama?

— Acho até que você já ouviu falar dela. Chama-se Ranka.

— Ela é de que casa?

— Acabou de começar a trabalhar por aqui, não deu nem um mês, mas todo mundo em Shinbashi já ouviu falar dela!

— Sério? — disse o marido da cabeleireira, arregalando os olhos ainda cobertos de espuma. — Só de ouvir você falar, já fiquei curioso. Como ela é? Bonita?

— Eu é que não vou dizer. Depois sua esposa vem brigar comigo...

— Pois você está me deixando mais curioso ainda!

O homem deu uma gargalhada.

— Na minha opinião, gueixa, gueixa mesmo, ela não é. Mas é um mulherão. E dizem que é da pá-virada. Mas quanto mais as pessoas dizem que ela é esquisitona, que faz umas coisas extravagantes, coisas que uma gueixa não deve fazer e blá-blá-blá, maior é o número de marmanjos atrás dela. Aonde ela vai, ela causa! Burra ela não é! — comentou o dono da Takaraya, em um palavreado vulgar.

— Mas o que é que ela faz de tão incrível? Ela dança pelada?

— Ela anda pelada, mas não sei se dança. Não é das que fazem aqueles números indecentes, mas as meninas da minha casa disseram que ela simplesmente aparece pelada em banquetes e eventos. Dizem que é uma nova moda da Europa. Ela diz o nome de uma estátua e imita a sua pose, com o corpo todo pintado de branco, com meias de seda branca e uma peruca branca na cabeça, para parecer que é de mármore. Dizem que é "artístico", então fica difícil expulsar essa maluca do bairro. E mesmo se quiséssemos nos livrar dela, ela é uma dessas "mulheres modernas", que não acatam ordens. Esses dias, ela comentou não sei com quem que a censura do Ministério da Educação, a tal da polêmica sobre os quadros de nus nas exposições, era culpa do povo japonês, que não sabe apreciar a beleza do corpo humano nu; mas que ela tem uma missão na vida, de educar, de levar beleza e cultura aos cavalheiros de distinção!

— Mas que achado essa garota! Eu também quero me educar! Eu quero um pouco de beleza, cultura e distinção!

— Pois ela anda tão ocupada que não vem assim, só de chamar. Ela tem a agenda cheia, faz três ou quatro atendimentos por noite! Este mundo está perdido, mesmo...

O patrão da Takaraya e o marido da cabeleireira continuaram falando de mulheres, entusiasmados. Enquanto isso, o velho e o gordo discutiam um assunto bem diferente: reclamações sobre a vida e os filhos.

— Esse menino está com onze anos, mas o que é que eu vou fazer com ele? Para a escola, ele não serve. Eu acho que é carma por todos os frangos que eu já matei na vida. Não se deve brincar com essas coisas.

Enquanto falava, o dono do Ichiju lavava as costas do garoto, que de tão pálido chegava a ser um pouco esverdeado. Ele parecia ter algum problema mais grave, de cabeça, além da perna mais curta. Tinha o olhar parado, não dizia nada, não se movia nem reagia. Ficava sem expressão, olhando para o vazio. Gozan olhou para pai e filho e sentiu muita pena dos dois.

— As pessoas repetem essas crenças antigas, mas, se isso fosse verdade, o mercado de peixes estaria repleto de aleijados. Há até quem diga que as enguias são seres como nós, e que trazem azar e doenças aos que as matam. Mas a doença está no espírito. Eu também tenho um filho que me preocupa, e quando penso nele sinto vontade de chorar.

— Takijiro, não é? O que aconteceu com ele?

— Nem sei se consigo falar. Uns três anos atrás, fiquei sabendo que ele estava morando num boteco vagabundo atrás do parque de Asakusa. Daí sabe como é pai, né? Eu já havia desistido dele, mas resolvi ir lá me informar, perguntar aqui e ali, falar com ele, talvez convencê-lo a se ajeitar na vida... Fui até a vizinhança, entrei num bar, me fiz de cliente e comecei a perguntar, como quem não quer nada...

— Qualquer um faria o mesmo, em seu lugar. É o coração de pai que nos leva a fazer isso.

— Mas as pessoas começaram a me contar as coisas mais escabrosas, e eu fiquei apavorado. Disseram que ele fora para o inferno, trabalhar para o Senhor dos Mortos. Quanto mais histórias terríveis me contavam, mais eu me convencia de que ele não tinha mais salvação, e de que era melhor não tentar vê-lo, nunca mais na vida. Voltei para casa e não falei nada a ninguém, nem à mãe dele, minha esposa, Jukichi.

— Mas que coisas tão horríveis lhe contaram?

— Isso eu também não sei se consigo falar. Takijiro vive com uma mulher como se fosse sua esposa, sabe? A mulher traz clientes para o bar, deita-se com eles, e ele vive do dinheiro dela. E ele não se importa: traz os próprios amigos para se deitarem com ela. Além disso, faz uns filmes terríveis, filmes de cinematógrafo, e usa essa mulher nos filmes, fazendo todo tipo de indecência. Daqueles filmes que a polícia não pode ficar sabendo. Todo o dinheiro que ela ganha, ele gasta em jogatina. Não há quem o defenda na vizinhança, nem as prostitutas da rua. Todo mundo só diz: "Coitada dessa mulher que ele arranjou." Quando uma pessoa apodrece desse jeito, por dentro e por fora, já não resta mais nada a fazer. Eu por mim não quero nunca mais ver esse infeliz, mas fico preocupado quando penso que ele ainda vai arranjar problema com as autoridades. E daí penso que deve ser castigo por eu ter contado tantas anedotas de jogatina e de jogadores sem escrúpulos.

Nesse instante, a porta de vidro se abriu e uma criada entrou esbaforida, chamando:

— Patrão, patrão! Preciso falar com o meu patrão, o patrão da Obanaya!

— O que foi, criatura? Que histeria é essa? Aconteceu alguma coisa?

— É a patroa, patrão, dona Jukichi. Ela está mal!
— Ela passou mal? Então vamos logo, me ajude aqui a me secar!

21

O imprevisto

Na primavera daquele ano, Jukichi, a patroa da Obanaya, estava trabalhando em uma casa de chá quando de repente desmaiou. Fora um pequeno derrame, que a obrigou a abandonar o saquê, de que gostava tanto, e reduzir o fumo drasticamente. No dia em que a criada chamara Gozan na casa de banho, Jukichi havia ido cedo à cabeleireira, pois tinha um compromisso às duas, e, de volta à casa, estava ao lado do telefone quando perdeu a consciência novamente. Ficou ali, caída no chão, e não dava nenhum sinal de vida, a não ser um ronco alto, alarmante.

Nessa hora, Osada, a atendente, estava fora — ia a pé de uma a outra casa de chá receber os pagamentos. As duas aprendizes estavam na aula de música e Hanasuke fora ao santuário. Só Komayo e Oshige, a cozinheira, estavam em casa. Era o dia de encerramento da temporada no Teatro Shintomi, e Komayo, preparando-se para o banho, tirava o prendedor de cabelo da gaveta da penteadeira quando ouviu Oshige gritar:

— Alguém venha aqui, por favor!

Ela levou um susto, desceu correndo, e se deparou com a patroa caída. A cozinheira, nervosa, não sabia o que fazer. Komayo decidiu mandá-la ao banho público atrás do patrão. Depois, telefonou ao doutor. "Preciso levar a patroa para a sala, mas sozinha não tem como." Foi buscar um edredom, e já ia cobri-la quando Gozan e Oshige chegaram, esbaforidos. Os três carregaram Jukichi para uma sala nos fundos. Ela ficaria ali, por enquanto. Finalmente o médico chegou e, depois de examiná-la, afirmou que não era possível fazer um diagnóstico, de modo que ela precisaria ficar em observação por uma noite. Naquele momento, o melhor a fazer era mantê-la em repouso, confortável, em casa, sob os cuidados de alguém. Deu algumas instruções a Gozan e se retirou.

Pouco depois, chegou a enfermeira que haviam chamado, assim como as outras pessoas da casa, que estavam fora no momento do incidente, e foi decidido que se organizariam em turnos para cuidar da patroa. Dali por diante, não houve mais nenhum momento de descanso: a vizinhança ficou sabendo do ocorrido, e começou um desfile interminável de visitantes na Obanaya. Gueixas, patrões, patroas, contadores de histórias, atendentes e diversas outras pessoas se encarregaram de manter as portas de correr da casa abrindo e fechando sem parar. Assim que uma ligação terminava, o telefone já voltava a tocar. Até uma pessoa forte e vigorosa poderia ter a saúde prejudicada pela confusão. Osada estava de tal forma presa ao telefone que não conseguia comer, e Komayo e Hanasuke, encarregadas da recepção das visitas, não puderam nem parar para fumar durante todo o dia. O fluxo de gente só começou a diminuir ao anoitecer.

— Komayo, vamos aproveitar agora que deu uma acalmada e comer alguma coisa. O que você quer?

— Pois é... Eu não como nada desde cedo. Cheguei naquele ponto em que nem sei mais se quero comer. Perdi a fome.

— Vamos pedir uma comida ocidental, que dá menos trabalho.

Hanasuke ia levantar o telefone do gancho quando o aparelho começou a tocar. Ela atendeu.

— Sim. Sim. Sim, senhora. Sim. Só um instante. *Komayo! A patroa da Gishun quer falar com você. Ela está ligando do teatro.*

Komayo atendeu.

— Alô? Como vai? Ah, é mesmo? Eu peço mil desculpas. Sabe o que é, senhora, é que aqui em casa aconteceu um imprevisto... A patroa ficou doente, e até agora não tive tempo nem de chegar perto do telefone. Eu devia ter avisado... Espero que a senhora possa me perdoar...

Komayo ficou ainda algum tempo ao telefone, explicando a situação à patroa da Gishun. Quando desligou, Hanasuke disse:

— Komayo, hoje não é o encerramento da temporada no Shintomi? Eu havia esquecido completamente! Você não tem que ir? Olha que depois pega mal!

— Bom, agora já disse que não vou. Hoje não dá para sair, né?!

— Como assim, não dá para sair? Isso aqui não é casa de família, é um negócio. Se você tem um compromisso, é sua obrigação ir, nem que seja por uns minutinhos. Esta noite não tenho nada agendado, posso ficar aqui recebendo as pessoas. Não precisa se preocupar. Parece que dona Jukichi está dormindo melhor agora. Aproveita e vai lá, para que notem sua presença.

— Mas eu nem tomei banho! E olha só esse cabelo... — retrucou, e, ainda que o penteado estivesse em boas condições, começou a cutucá-lo com o dedo, como se quisesse se descabelar. Depois, irritada: — Se não tivesse acontecido tudo o que aconteceu, é claro que eu iria sem falta. Mas agora, a essa altura, já não tem mais por quê. Se eu for, só vai servir para ver coisas que não quero ver, e ouvir coisas que me deixarão furiosa. Ganho mais ficando aqui.

— Você não tem jeito! Ele só a maltrata porque você deixa, sua boba! Ah, mas se fosse eu... Podia ser na frente do teatro inteiro, eu arrancava o couro dele!

— Até parece que ia adiantar alguma coisa. E então o quê? Isso por acaso o faria mudar de opinião? Demorou, mas de tanto levar na cabeça acho que agora eu aprendi — e, com um ar resignado, disse ainda: — Hanasuke, logo ele me dirá que está tudo acabado, e eu não vou ter mais cara para sair na rua. Então, precisarei ir embora daqui.

— Mas você é uma exagerada, mesmo, faz um drama por qualquer coisinha. Homem é tudo igual, quando arruma mulher nova fica louco, mas depois que passa o fogo da paixão eles voltam. É como dizem: "Não há galho que seja como o tronco." Isso daí vai passar, você só precisa ter paciência. Então, deixe de enrolação e vá de uma vez. As pessoas no teatro precisam ver que você apareceu por lá. Nem que seja por um instante. Você acha que eu insistiria tanto se não tivesse certeza do que estou dizendo?

É claro que tudo o que Komayo dissera até então era exagero. Ela só não queria que pensassem que a decisão de deixar a patroa para ver Segawa partira dela mesma. Depois de todo o esforço para parecer hesitante, agora que conseguira que Hanasuke a convencesse a ir, estava tão ansiosa que não podia mais se conter.[72]

— Ai, será que eu vou então? Será que dona Jukichi não vai piorar?

— Eu juro que se alguma coisa acontecer eu telefono imediatamente.

— Hanasuke, você é tão boazinha!

Komayo foi aos fundos e pegou água quente para arrumar o cabelo. Depois, subiu as escadas e se instalou diante do espelho da penteadeira. Naquele horário, normalmente, o cômodo estaria cheio das vozes das outras gueixas; hoje, estava tudo calmo e desolado. Uma luz elétrica ficara ligada todo esse tempo, e seu estranho brilho ofuscante, refletido no espelho, deu-lhe calafrios. Decidiu não chamar ninguém para auxiliá-la: tirou o quimono do gavetão e se arrumou sozinha. Não é fácil fechar o *obi* sem ajuda, nem dar os toques finais sem enxergar direito as costas, mas ela estava com pressa, em parte devido ao clima pesado que sentia naquele cômodo vazio. Estava quase pronta para sair quando ouviu um barulho e viu que um objeto longo e comprido caíra no chão. Deu um passo para trás e viu que era o fecho do *obi*, um fecho de cobre com um entalhe dourado representando uma roca de fiar.

---

72. Tal comportamento — fazer um grande discurso sobre renúncia, na esperança de ser convencido pelos outros do contrário — é um ritual de polidez comum no Japão, e, ao contrário do que ocorre no Brasil, não é reprovável. Ao final, a pessoa deve dar a entender que foi forçada a fazer aquilo que, na realidade, desejava desde o início, evitando que a considerem egoísta.

Certa vez, no início do relacionamento, ela e Segawa saíram da Gishun e foram juntos passear pelo bairro. Em Takekawa, no caminho para a Obanaya, passaram por uma loja de acessórios para quimonos chamada Hamamatsu. Segawa decidiu entrar. O atendente mostrou-lhes carteiras, bolsas femininas, porta-moedas, fechos de quimonos e outros objetos finos. Ao ver o entalhe dourado representando uma roca de fiar, Komayo logo quis comprá-lo, pois, sendo o primeiro ideograma de *roca* igual ao segundo ideograma de *Isshi*, achou que lhe traria sorte. Segawa, por sua vez, procurou até encontrar um fecho com um desenho de um cavalinho de pau, pois o segundo ideograma do nome do brinquedo era igual ao primeiro ideograma de *Komayo*.[73] A família de Segawa, assim como as mais respeitadas famílias de atores — Narita, Otawa, Takashima, Tachibana —, só compravam acessórios na Hamamatsu, considerada a melhor casa do ramo.

Komayo pegou o fecho do chão para prendê-lo de novo quando viu que o pino estava solto. Tentou fechar mais uma vez, mas o pino voltou a cair. Esse pequeno episódio a deixou muito triste e irritada. Então, resignando-se, achou um fecho de pérolas que andava esquecido na gaveta, prendeu o cinto e se esgueirou, cabisbaixa, até a rua.

Quando finalmente chegou ao teatro, não teve mais dúvida alguma de que estava vivendo o pior e mais desagradável dia de sua vida. "É claro que o fecho quebrado era um sinal, eu devia saber." Em primeiro lugar, na entrada,

---

73. "Roca" se escreve 糸車 (*itoguruma*, "roda de fio"), e Isshi, 一糸 ("um fio de linha"). Já "cavalinho de pau" se escreve 春駒 (*harukoma*), e Komayo, 駒代 (*koma*, "potrinho", seguido de *yo*, uma terminação onomástica).

não havia mais ninguém que a ajudasse a descer do riquixá, pois o espetáculo já começara havia um bom tempo. Entrou sozinha e ficou esperando por longos minutos até que passasse uma criada conhecida, que lhe informou que a patroa da Gishun já fora embora, e, ao sair, dissera que não viria mais ninguém naquela noite, motivo pelo qual o camarote fora liberado para um outro cliente. Nisso, chegou a patroa da casa de chá ligada ao teatro, que pediu um milhão de desculpas e lhe ofereceu um outro lugar. Quando ela finalmente se instalou, deu-se conta de que a localização era ruim, pois ficava muito à vista de todos. Ficou ali por um tempo, sozinha, sentindo-se péssima. Lá pelas tantas, decidiu se levantar e, no corredor, encontrou um lugar de onde podia ao menos observar a plateia sem ser vista.

No entanto, a primeira coisa que viu foi a sua rival Kimiryu, sentada em um camarote do lado esquerdo, no nicho da codorna. Trazia um penteado *marumage* preso com uma fita vermelha, e sentadas com ela estavam, de um lado, Rikiji, da Minatoya, e a patroa da Kutsuwa; do outro, Ohan, a madrasta de Segawa, com quem a jovem parecia estar conversando. Ao constatar que Kimiryu fora capaz de conquistar a confiança de Ohan àquele ponto, Komayo sentiu que não havia mais esperança nenhuma: era como se Kimiryu já fosse a noiva de Segawa. Ela e a sogra pareciam se dar às mil maravilhas. "E isso tudo aconteceu sem que eu soubesse, como se eu fosse uma estranha." Não se sentia mais triste nem humilhada — já passara dessa fase, e agora nem lágrimas lhe saíam mais. Mas achou melhor ir embora logo, antes que algum conhecido a visse. Não quis nem saber se a peça estava no intervalo, se estavam apresentando algum interlúdio, e saiu porta afora, apressada. Ao chegar em casa, subiu para o quarto e se jogou ao chão diante da penteadeira.

22

Isso e aquilo

A senhora Jukichi, da Casa Obanaya, partiu para o outro mundo ao amanhecer do terceiro dia após o seu colapso. Foi enterrada no cemitério do Templo _____, em Samegahashi, no bairro de Yotsuya. Ao sétimo dia, realizou-se a cerimônia em seu nome. Os conhecidos que ajudaram com as despesas do funeral receberam de presente o costumeiro doce *manju* embrulhado em seda como agradecimento.

Quando foram cumpridas todas as providências relacionadas ao óbito, já se anunciava mais um fim de ano. Osada, a atendente, sabia como administrar o dia a dia da casa, mas Gozan, sentindo-se muito velho, não tinha ideia do que fazer quanto aos outros detalhes, como a confecção dos novos quimonos de primavera para as gueixas e aprendizes. Em conversas com conhecidos, dera a entender que queria vender a Obanaya, ou transferi-la a algum interessado. Afinal, um homem de sua idade não tinha mais como administrar sozinho uma casa de gueixas. Pretendia alugar um quartinho em algum lugar e retomar a carreira de contador de histórias pelos anos que lhe restavam.

Osada passara a noite inteira sem dormir, arrumando os *oseibo*, brindes de fim de ano para serem distribuídos às casas de chá com as quais a Obanaya tinha relações de negócios. Pela manhã, fora entregar os presentes aos contatos mais importantes. Chegando em casa, com a testa suada em pleno inverno, deparou-se com Gozan rodeado por papéis, gavetas abertas, caixas de arquivo e documentos.

— Não tenho como lhe agradecer por toda a sua ajuda — disse Gozan. O velho tirou os óculos, uma pesada armação de bronze, e continuou: — Por que você não vai descansar? Se não, ficará doente, e é pior. Não sei o que faria se não pudesse contar com você. Aliás, eu tinha umas coisas para lhe perguntar...

— Se for algo que eu saiba responder...

— É sobre o destino das gueixas e aprendizes. Acho que lá no andar de cima elas já devem saber mais ou menos como anda a situação. Eu ainda não falei com elas, você sabe de alguma coisa?

— Hanasuke disse que se fosse necessário poderia ir trabalhar em outra casa.

— Ah, é mesmo? Por sorte, Kikuchiyo conseguiu alguém que lhe pagasse a dívida, então só sobraram Hanasuke e Komayo. Quanto às mais novas, é muito mais fácil conseguir uma colocação para elas.

— Parece que Komayo quer ir embora daqui, viver no interior.

— O quê, no interior? Ficou louca? Eu achava que ela ia se casar com Segawa. Estava até pensando em lhe dar de presente de casamento a anulação da dívida.

— Ih, patrão, essa história já são águas passadas. Não há nem chance de eles se acertarem.

— Eles brigaram? Que pena, estava pensando em ajudar o casal no que pudesse quando eles se casassem. Mas eles romperam para valer?

— Não sei de nada em detalhes, mas acho pouco provável que eles se casem.

— A velhice vai chegando e nós vamos perdendo o contato com as pessoas. Eu já não consigo mais acompanhar essas fofocas sobre namoricos.

— O boato que corre por aí é que Segawa, sim, vai se casar, agora na primavera, mas com uma tal de Kimiryu, que era gueixa da Minatoya.

— Veja só! Então é por isso que a outra deve ter inventado essa história de ir para o interior. Coitadinha. Mas será que ela não está entregando o ouro fácil demais? Ela devia lutar pelo que quer.

— Olha, patrão, eu não sei direito o que aconteceu, mas Hanasuke me contou que ela fez um papelão quando ele arrumou outra, a ponto de deixar todo mundo preocupado. Até eu fiquei meio assim uma época. Mas então a patroa ficou doente, e depois teve o funeral, e isso e aquilo, e parece que ela sossegou. Eu diria que agora ela já está meio conformada.

— E essa Kimiryu, o que é que ela tem para Segawa ter caído de amores? É muito bonita?

— Faz muito tempo que eu não a vejo, mas quando ela era gueixa aqui no bairro eu não a achava nada de mais. É alta, grande, vistosa, mas o que eu acho mesmo, patrão, é que Segawa não está com ela pela beleza, e sim pelo dinheiro: dizem que ela ficou muito rica.

— Ah! Então é isso! O olho foi no dinheiro. Bom, se ele é desse tipo de sujeitinho, Komayo tem mais é que agradecer por ter sido trocada. Mas ela deve ter ficado arrasada, pobrezinha.

— O senhor devia dizer isso a ela, tenho certeza de que a alegraria.

O telefone tocou e Osada foi atender, fechando a porta ao sair. Gozan almoçara havia pouco, mas o cômodo já estava escuro, pois os dias de inverno andavam cada vez mais curtos. Na penumbra, a placa mortuária de Jukichi, folhada a ouro, refletia as luzes do altar. Gozan se levantou e, apoiando as mãos na lombar, ligou a luz elétrica. Depois, trocou o incenso apagado por um novo, acendeu-o, e, então, voltou a remexer os papéis.

"Aqui está: o contrato de Komayo." Anexo ao documento havia uma cópia do registro civil: "Masaki Koma; nascida no ano tal, dia tal, mês tal; pai: falecido; mãe: falecida."

"Coitadinha, não tem mais pai nem mãe." De fato, a mãe de Komayo morrera quando ela ainda estava no ensino fundamental, e a sua madrasta era tão malvada que a avó materna decidira criá-la. Na adolescência, o pai, que era pedreiro, também morreu, e, por fim, a avó que a criara faleceu quando ela estava em Akita. Komayo estava sozinha no mundo.

Gozan nunca se ocupara muito da administração da casa — era Jukichi quem se encarregava disso. Algumas vezes, quando solicitado, emitia sua opinião sobre um ou outro problema, mas, por princípio, não se envolvia em questões femininas. "As mulheres devem resolver os seus negócios entre elas." Era por isso que nunca tinha visto o contrato de Komayo, e que só agora compreendia como a vida da gueixa era solitária.

Quando soube que Jukichi estava à beira da morte, Gozan pensou em trazer Takijiro, seu filho, para visitá-la uma última vez. Mesmo que ela não pudesse falar, poderia ao menos vê-lo. Então, ainda que com muita vergonha, ele fora ao escritório de registro de gueixas e pedira ajuda para encontrá-lo. O homem do registro, após uma breve investigação, disse-lhe por fim que Takijiro fora para Kobe sem deixar endereço depois que a polícia fechara os prostíbulos de Asakusa. Ao ouvir a notícia, o velho teimoso e altivo sentiu a solidão da velhice profundamente, e percebeu o quanto a vida humana é efêmera. Quando descobriu que Komayo também não tinha ninguém no mundo, naturalmente identificou-se com ela.

A noite ia chegando, e o vento gelado parecia tirar uivos dos fios elétricos da rua. As sinetas dos riquixás tinham um som mais cortante no frio de dezembro. Todos haviam saído, menos Komayo, que estaria se sentindo mal. Aproveitando que ela estava sozinha no andar de cima, Gozan a chamou para falar com ele.

— O que você tem, Komayo? Está gripada?

— Não é nada grave, mas estou com o nariz irritado, está doendo muito.

Tinha a voz rouca e a tez pálida. A luz projetava sua sombra na porta do armário sob o altar nos mínimos detalhes, delineando até os fios soltos de seu penteado. Naquele momento, Gozan sentiu que a sombra de Komayo era a imagem da desolação.

— Eu sempre digo que a doença é um estado de espírito, que para melhorar é preciso se animar... Mas, na verdade, não é esse assunto que quero discutir com você. Fiquei sabendo que você quer morar no interior. Tenho consciência de que isso não é da minha conta, mas você deve pensar bem antes de decidir. Eu sei de tudo, até do que aconteceu com Segawa. Entendo que você tenha vergonha de ser vista pelas pessoas que sabem que ele a rejeitou, que não queira que falem de você pelas costas; entendo você achar que perdeu a dignidade diante dessa gente. Mas, e se por acaso houvesse uma maneira de você recuperar a sua dignidade e continuar a viver aqui, você reconsideraria a sua decisão de ir embora?

Komayo acenou positivamente com a cabeça, mas não se animou a erguer o olhar. Gozan, por sua vez, tomado de emoção, mudou o tom de voz, adotando o modo de falar que usava normalmente para narrar histórias tristes.

— Eu nunca tinha visto o seu contrato, mas hoje fui dar uma olhada e descobri que você não tem pai, mãe nem irmãos. Você é sozinha no mundo. Não adianta nada ir para um lugar ermo onde não haja nenhum conhecido: você só se sentirá mais sozinha, e não há nada de bom nisso. Não acha melhor erguer a cabeça e ficar por aqui? Talvez você tenha que enfrentar situações constrangedoras, mas se aguentar firme, um dia isso tudo vai passar. Você já deve ter percebido que, agora que minha esposa faleceu, não tenho mais como dar conta desta casa. Mesmo se meu filho voltasse e a gente se entendesse, dois homens não conseguem administrar uma casa de gueixas. Decidi que vou transferir o negócio se encontrar alguém em quem eu possa confiar. Não preciso de grandes quantias, agora que estou sozinho no mundo. Posso ganhar o meu sustento contando histórias.

Você não gostaria de ser a patroa da Obanaya? Isso mostraria a todos do bairro quem é a verdadeira Komayo. Que tal?

As palavras totalmente imprevisíveis deixaram Komayo muda, sem reação. Gozan, assim como muitos velhos, não tinha mais paciência para esperar a resposta dos outros. Pela cara da gueixa, entendeu que ela não tinha objeções; então, resolveu decidir sozinho:

— Um ancião em uma casa de gueixa pode estragar o clima romântico. Vou ver se me arranjo um quartinho aqui por perto para alugar. Agora preste atenção, Komayo: a Obanaya é minha, eu que mandei fazer este prédio novo, há menos de dez anos. Mas o terreno é arrendado. São cinco ienes por ano pelos trinta e cinco metros quadrados. Fora isso, você tem que me pagar pelo aluguel do prédio e pelo ponto. Você decide uma quantia que achar justa. Pode deixar que eu converso com Hanasuke e o resto da equipe. Se elas não gostarem de ter você como patroa, podem muito bem ir para onde quiserem, e nesse caso você pode até contratar gueixas novas, e ter mais liberdade para administrar a casa. Você me faria um grande favor aceitando, porque com você aqui na chefia eu me sentiria muito mais tranquilo. Então, um dia, quando você conseguir juntar o suficiente, posso lhe vender o prédio e o nome da casa. Que tal assim?

— Ah, patrão, é tudo tão maravilhoso que eu nem sei o que dizer.

— Bom, então não diga nada, que está decidido. Só de já ter acertado tudo, sinto que tirei um peso das costas. Será que você podia me fazer um favor e me chamar uma massagista? Enquanto isso, vou tomar um banho de ofurô.

E, sem olhar para a cara de espanto de Komayo, ele pegou uma toalha velha e saiu.

Komayo telefonou para a massagista, botou carvão no fogareiro e se sentou em silêncio diante do altar. De repente, sentiu uma emoção forte, não sabia se de alegria ou tristeza, e por algum tempo permaneceu imóvel, com o rosto escondido nas mangas do quimono.

Outras obras de literatura japonesa na Editora Estação Liberdade

RYUNOSUKE AKUTAGAWA
Kappa e o Levante imaginário

MASUJI IBUSE
Chuva negra

YASUSHI INOUE
O castelo de Yodo
O fuzil de caça

NAGAI KAFU
Crônica da estação das chuvas
Histórias da outra margem

OTOHIKO KAGA
Vento Leste

YASUNARI KAWABATA
A casa das belas adormecidas
Contos da palma da mão
A dançarina de Izu
A Gangue Escarlate de Asakusa
Kyoto
O lago
O mestre de go
Mil tsurus

O País das Neves
O som da montanha

HIROMI KAWAKAMI
Quinquilharias Nakano
A valise do professor

NATSUME SOSEKI
Botchan
E depois
Eu sou um gato
O portal
Sanshiro

JUN'ICHIRO TANIZAKI
Diário de um velho louco
As irmãs Makioka

EIJI YOSHIKAWA
Musashi

BANANA YOSHIMOTO
Tsugumi